はぐれ長屋の用心棒

遠い面影

鳥羽亮

双葉文庫

目次

遠い面影　はぐれ長屋の用心棒

第一章　助けた女

一

「陽が沈みやすぜ」

孫六《まごろく》が、西の空に目をやって言った。

家並の向こうに陽が沈み、西の空は茜色《あかね》に染まっていた。家の軒下や樹陰などには、淡い夕闇が忍び寄っている。

「風が心地いいな。酔った肌に、染みるようだ」

華町源九郎《はなまちげんくろう》が、目を細めて言った。

源九郎と孫六がいるのは、本所松坂町《ほんじよまつざかちよう》にある亀楽《きらく》という飲み屋の前だった。

ふたりは亀楽で飲み、店を出たところである。

源九郎は、還暦にちかい老齢だった。武士ではあるが、伝兵衛店《でんべえだな》という棟割り長屋で、独り暮らしをしている。

華町家は五十石の御家人だったが、何年か前に倅《せがれ》の俊之介《しゅんのすけ》が嫁を貰ったのを機に、家を出たのである。長年連れ添った妻が亡くなり、若い息子夫婦に気兼ねして暮らしたくなかったからだ。

孫六も同じ長屋に住んでおり、源九郎と同じように年寄りということもあって、今日はふたりで亀楽に飲みにきたのだ。

孫六の立場も、源九郎に似ていた。長屋に住む前は、番場町《ばんばちょう》の親分と呼ばれる岡っ引きだった。ところが、中風をわずらい、足が不自由になった。そのため、岡っ引きをやめて、娘夫婦の住む伝兵衛店に越してきたのだ。

娘の名はおみよ。亭主の又八《またはち》は、ぼてふりをしている。娘夫婦には富助《とみすけ》という名の男の子がおり、孫六は狭い部屋で娘夫婦に気兼ねしながら、暮らしていた。そうしたこともあって、同じ年頃の源九郎と酒を飲みにいくのを楽しみにしていたのだ。

「孫六、このまま長屋に帰って寝るのは、すこし早いな。それに、心地のいい夕暮れ時だ」

源九郎が、亀楽の前に立ったまま言った。

「旦那、竪川《たてかわ》まで行ってみやすか。川沿いの道で川風にあたるのは、心地いいかもしれねえ」

孫六が言った。

源九郎たちの住む伝兵衛店は、本所相生町《あいおいちよう》にあった。亀楽のある松坂町は相生町の隣町で、竪川沿いの通りに出ると遠回りになる。

「行ってみるか。川沿いの道を歩くのは、気持ちいいかもしれん」

源九郎はそう言い、孫六とふたりで、竪川沿いの道にむかった。

竪川沿いの道に出ると、西の空の茜色が薄れ、夕闇が濃くなったように感じられた。竪川にかかる一ツ目橋が、夕闇のなかに霞んで見える。

竪川の川面《かわも》を渡ってきた風が、源九郎と孫六の火照った顔を心地よく撫《な》でていく。人通りはすくなく、遅くまで仕事をした職人ふうの男や、仕事帰りに一杯やったと思《おぼ》しき男などが、ときおり通りかかるだけである。

源九郎と孫六が竪川の岸際に立って、酒の酔いで火照った顔を川風に当てていると、カツカツと忙《せわ》しそうに歩く下駄の音がした。見ると、女がひとり、大川の方から小走りに近付いてくる。

「旦那、あの女、男たちに追われているようですぜ」

孫六が、身を乗り出しながら言った。

「そのようだ」

女の後ろから、三人の男が小走りに近付いてくる。三人とも、小袖を裾高に尻《しり》っ端折《ぱしょ》りし、両脛《あらわ》を露にしていた。遊び人ふうの男である。三人は、女を追っているようだ。

女は、必死に逃げてくる。若い女である。夕闇のなかに、色白の顔や首筋が、白く浮き上がっているように見えた。

「ならず者たちに、追われてるようですぜ」

孫六が言った。

「助けてやるか」

源九郎は岸際から離れ、女のくる方に体をむけた。

孫六は、源九郎からすこし離れた岸際に立っている。この場は、源九郎に任せる気のようだ。

源九郎は老齢で、だらしのない格好をしていたが、剣の遣い手である。

御家人の家に生まれた源九郎は、少年のころから鏡新明智流《きょうしんめいちりゅう》の桃井春蔵《もものいしゅんぞう》の道場に通い、剣の修行をしたのだ。

源九郎は熱心に稽古に励み、剣の天稟《てんぴん》もあったらしく、二十歳《はたち》のころには桃井道場でも遣い手として知られるようになった。

ところが、源九郎は師匠の勧める旗本の娘との縁談を断ったことで、道場に行きづらくなってしまった。

その後、源九郎は華町家を継いだこともあり、道場をやめてしまった。ただ、剣術の独り稽古をつづけたこともあって、高齢になってからも腕は衰えず、かなりの遣い手でも、後れをとるようなことはなかった。

源九郎は女が近付くと、素早い動きで女の後ろにまわり、跡を追ってきた三人の男の前に立ち塞がった。

三人の男は、驚いたような顔をして足を止めた。

「な、なんだ、てめえは！」

三人のなかでは年上と思われる男が、目をつり上げて言った。浅黒い顔をした大柄な男である。

他の二人は、源九郎の左右にまわり込んできた。ふたりとも、懐に手をつっ込んでいる。匕首《あいくち》でも、摑《つか》んでいるのかもしれない。

「わしは、通りすがりの者だ」

源九郎が、静かな声で言った。

「老いぼれ、死にてえのか！」

言いざま、大柄な男が懐から匕首を取り出した。

すると、左右にまわり込んでいたふたりの男も、匕首を手にして身構えた。牙を剝《む》いた野犬のようである。

源九郎の背後にまわった女は、青褪《あおざ》めた顔で身を震わせている。

「おまえたちこそ、怪我をしてもいいのか」

そう言って、源九郎は手にした刀身を峰に返した。斬り殺すまでもない、と思ったのだ。

三人の男は、すこし前屈みの格好になり、匕首を顎《あご》の下や胸の前に構えた。夕闇のなかで、三人の手にした匕首が、青白くひかっている。

二

源九郎は刀を青眼に構え、前に立った大柄な男の喉元に切っ先をむけた。腰の据わった隙のない構えである。

大柄な男は足裏を摺《す》るようにして、ジリジリと迫ってきた。だが、源九郎と二間ほどの間合をとって寄り身をとめた。すこしも動じない源九郎を見て、このまま踏み込むと、斬られる、と思ったらしい。それに、左右にまわり込んだふたりに、いまにも踏み込んでいきそうな気配が見えたのだ。

源九郎は前に立った大柄な男に切っ先をむけていたが、左右から近付いてくるふたりの気配も感じとっていた。

……右手が先か！

源九郎は右手から近付いてくる痩身の男に、いまにも飛び掛かってきそうな気配があるのを感知していた。

ふいに、右手の男が踏み込んでくる気配を見せた。

源九郎が右手に体《たい》をむけようとした瞬間、

「死ね！」

右手の男が叫びざま、匕首を前に突き出すように構えて踏み込んできた。

源九郎は体を右に捻《ひね》りざま、刀身を袈裟《けさ》に払った。一瞬の動きである。

源九郎の切っ先が男の右腕を浅く斬り、男の手にした匕首は、空を切った。

源九郎の動きは、それでとまらなかった。前に立っていた大柄な男に体をむけざま踏み込み、切っ先で男の右肩を突き刺した。一瞬の太刀捌《たちさば》きである。

ギャッ！

と、悲鳴を上げ、大柄な男は手にした匕首を取り落とした。

大柄な男は慌てて身を引いた。そして、足が止まると、

「に、逃げろ！」

と、引き攣《つ》ったような顔をして叫ぶや、反転して走りだした。

痩身の男と左手にまわり込んでいた男も後ずさり、源九郎との間があくと、大柄な男を追って逃げだした。

これを見た孫六が、逃げる三人の跡を追おうとした。行き先を突きとめようとしたのかもしれない。

「孫六、追うな！」

源九郎が孫六をとめた。

孫六は足を止め、源九郎のいる場にもどってきた。

すると、源九郎の背後に身を寄せていた女が、

「た、助けていただき、ありがとうございました」

と、涙声で言い、源九郎に頭を下げた。

「たまたま、通りかかったのでな。それにしても、怪我がなくてよかった」

源九郎は、あらためて女に目をやった。淡い夕闇のなかに、色白の女の顔が浮かび上がったように見えた。鼻筋がとおり、赤い花弁のような唇をしている。

……千代《ちよ》に似ている！

思わず、源九郎は胸の内で声を上げた。千代は、亡妻だった。源九郎が五十二歳のとき、病で亡くなったのである。

いまは、倅の俊之介が華町家を継いでいるが、源九郎が家を出ようと思ったのは、千代を失ったこともあった。

目の前にいる女の顔付きが、千代に似ていたわけではない。源九郎が女を千代と重ねたのは、色白の肌と眼差《まなざ》しだった。若いころ千代が源九郎にむけた懐かしい眼差しである。

女は源九郎に見つめられて、戸惑うような顔をした。

「わ、わしは、華町という名だが、そなたの名は……」

源九郎が、声をつまらせながら訊《き》いた。

「おゆきです」

女が、小声で名乗った。

「おゆきさんか。……女、ひとりで、どこへ行こうとしていたのかな」

源九郎が訊いた。

孫六は源九郎の脇に立って、ふたりのやり取りに耳をかたむけている。

「相生町五丁目にある兄の店に」

おゆきが話したところによると、兄の勝造《かつぞう》は、二ツ目橋のたもと近くで、下駄屋をひらいているという。

竪川には、大川の方から順に、一ツ目橋、二ツ目橋……、と順にかかっていて、五ツ目橋まであった。

相生町も、そうだった。相生町一丁目、二丁目……、と順に、竪川沿いに五丁目までつづいている。

「これから、五丁目まで行くと、真っ暗になりやすぜ」

黙って聞いていた孫六が、口を挟んだ。

「それで、今夜、兄の家に泊まるのか」

源九郎が訊いた。

「そのつもりで来たのですが、兄の家に迷惑がかかるのではないかと……」

おゆきは、泣きだしそうな顔をして言った。

おゆきが、とぎれとぎれに話したところによると、さきほど襲ってきた男たちは、兄の店も知っているので、明日の朝に、押しかけてくるかもしれないという。

「ところで、おゆきの家は、どこにあるのだ」

源九郎が訊いた。

「薬研堀《やげんぼり》で、小料理屋をやっています」

「ひとりで、小料理屋をやっているのか」

源九郎は、おゆきひとりで小料理屋をやっているとは思えなかった。

「板前を頼んでおります。わたしは、姉がやっていたのを手伝っていたのですが、姉は三年ほど前に病で亡くなり、その後、わたしが……」

おゆきが、眉《まゆ》を寄せて言った。

「それで、さきほど、おゆきを襲ったならず者たちは、店にも来ていたのか」

源九郎は、おゆきを呼び捨てにした。話しているうちに、亡くなった千代と似ていることもあって、身内のような気がしてきたからだ。それに、おゆきさん、と呼ぶのも変である。

「店には前から来てたんですが、わたしが独り者と知ってか、ちかごろは、わたしを店から連れ出そうとするのです」

おゆきが、顔に困惑の色を浮かべて言った。

「ど、どこへ、連れて行こうとしているのだ」

「どこか、知りませんけど、親分のところだと、口にする者もいました」

おゆきの声が、震えた。怯《おび》えているようだ。

「親分だと！」

源九郎の声が、大きくなった。背後に、やくざの親分がいるとなると、三人の男を追い払っただけでは済まないかもしれない。

「は、はい」

「親分の名を知っているか」

「権蔵《ごんぞう》と聞きました」

「権蔵な」

源九郎は、聞いたような気もしたが、はっきりしなかった。

「いずれにしろ、女ひとりと見て、ならず者たちが、おゆきの店を食い物にしようとしているのだな」

源九郎の顔に、怒りの色が浮いた。若い娘が、姉の小料理屋をがんばってつづけていこうとしているのに、ならず者たちが目をつけて、おゆきも店も思うようにしようとしているらしい。

おゆきは、困惑したような顔をして立っていたが、

「わ、わたし、薬研堀に帰ります」

と、涙声で言った。

咄嗟《とっさ》に、源九郎はおゆきを薬研堀まで送っていこうかと思ったが、帰った後、ならず者たちに襲われたら、おゆきは思うように玩《もてあそ》ばれるだろう。

「おゆき、どうだ。わしらの住む長屋は、すぐ近くだ。泊まっていかないか」

源九郎が言った。

「……」

おゆきは、戸惑うような顔をして源九郎を見た。

すると、孫六が、

「華町の旦那、若い娘を長屋に引っ張り込むつもりですかい」

と、源九郎の耳元で言った。

「わ、わしは、菅井《すがい》のところに行く。おゆきには独りで、寝てもらうつもりだ」

源九郎が、慌てて言った。

菅井紋太夫《もんだゆう》も、伝兵衛店の住人だった。源九郎の気心の知れた仲間のひとりで、頼まれた仕事を一緒にすることもあった。

その夜、源九郎はおゆきを伝兵衛店に連れて行き、自分の家に入れると、前の棟に住むお熊《くま》に頼んで掻巻《かいまき》を貸してもらった。敷き布団は何とかなったが、体に掛ける布団はぼろぼろで、おゆきに寝てもらうわけにはいかなかったのだ。

お熊は助造《すけぞう》という日傭取《ひようと》りの女房で、子供がいないせいもあってか、独り暮らしの源九郎のことにいろいろ気を使ってくれる。

三

翌朝、源九郎は、菅井の部屋で目を覚ました。

五ツ（午前八時）ごろだろうか。菅井は、台所の竈《かまど》で飯を炊いていた。菅井も独り暮らしだが、几帳面《きちょうめん》なところがあり、仕事に出られない日も、ふだんと同じように朝早く起きて、飯を炊くのである。

菅井は、五十がらみだった。面長で頬がこけ、顎がとがっている。菅井は髷《まげ》を結《ゆ》わず、長い髪が肩の辺りまで垂れていた。

菅井も、源九郎と同じようにはぐれ者のひとりで、ふだん両国広小路《りょうごくひろこうじ》で居合抜きの大道芸を観せて口を糊していた。ただ、菅井の居合は本物だった。田宮《たみや》流《りゅう》居合の達人だったのである。

「菅井、めしが炊けたら、握りめしにしてくれないか」

源九郎が言った。

「ここで、おれと一緒にめしを食わないのか」

菅井が首を伸ばし、源九郎に目をやって訊いた。

「おれの家にいるおゆきにも、食わせてやらんと可哀相だ。おゆきは昨日の午後から、何も食べてないようだからな」

源九郎は、おゆきも腹を減らしているだろうと思った。

「よし、三人分の握りめしを作ろう。たくわんも、あるからな」

菅井が言った。

それから、いっときして飯が炊け、源九郎も手伝って、ふたりで三人分の飯を握った。そして、握りめしを三人分、大皿に載せ、薄く切ったたくわんを添えた。

「湯も沸いている。茶も淹《い》れられるぞ」

菅井が、台所に目をやって言った。

「茶は、めしの後でいい」

そう言って、源九郎は立ち上がると、「おゆきを呼んでくる」と言い残し、戸口から出ていった。

源九郎は自分の家の戸口まで来ると、腰高障子の前で足を止め、

「おゆき、華町だ。入って、いいか」

と、声をかけた。いきなり腰高障子をあけて土間に入り、おゆきが着替えでもしていると、困るだろうと思ったのだ。

「入ってください」

腰高障子の向こうで、おゆきの声がした。

源九郎が腰高障子をあけると、おゆきは座敷のなかほどで端座していた。顔も洗ったらしい。着物は昨日のままである。昨夜、夜具として使った掻巻はきちんと畳んで、座敷の隅に置いてあった。

「おゆき、ゆっくり休めたかな」

源九郎が訊いた。

「はい、御陰様で、ゆっくり休めました」

おゆきが、頬を赤らめて言った。

「朝めしの仕度が、できたのでな。わしと一緒に、菅井の家に来てくれ」

源九郎は、昨夜、長屋の菅井の家で朝飯をいっしょに食べる、とおゆきに話してあったのだ。

「おゆき、出られるか」

「はい」

おゆきは、すぐに立ち上がった。

源九郎はおゆきを連れて、菅井の家にもどった。そして、三人で朝飯を食べ、茶を飲んで一息つくと、

「さて、これからどうする」

源九郎が、おゆきに目をやって訊いた。

おゆきは、戸惑うような顔をして源九郎と菅井に目をやったが、

「薬研堀に帰ります」

と、小声で言った。

「ひとりでか」

源九郎が訊いた。

「は、はい……」

おゆきが、視線を膝先に落として言った。顔に不安そうな色がある。

そのとき、黙って聞いていた菅井が、

「おれたちも、一緒に行こう」

と、口を挟んだ。

菅井は、昨夜、源九郎から権蔵の名を聞くと、権蔵は一筋縄ではいかない男であることを話した。そして、源九郎に、おゆきをひとりで、小料理屋に帰さない方がいい、と言い添えた。

菅井の生業《なりわい》は、居合の大道芸だ。ふだん、居合抜きを観せて銭を稼いでいる両国広小路が薬研堀の近くだったので、権蔵のことを知っていたのだ。

「わしも、菅井と一緒に行くつもりだ」

源九郎が、菅井に目をやって言った。

「あ、有り難うございます。おふたりのことは、忘れません」

おゆきが、涙声で言った。

「そう気を遣うな。……おゆきは、長屋の住人と同じだ。わしらは、みんな助け合って生きている。困っているときは、お互いさまだからな」

源九郎が言った。

脇に座していた菅井が、無言でうなずいた。

「これから、出かけるか」

と、源九郎が言った。

「行こう」

菅井が立ち上がった。

源九郎、菅井、おゆきの三人は、腰高障子をあけて外に出ると、長屋の路地木戸にむかった。

途中、長屋の井戸端のところで、孫六と顔を合わせた。顔を洗いに来たらしい。源九郎が事情を話し、おゆきが薬研堀に帰ることを口にすると、

「あっしも、行きやす!」

孫六が、声を上げた。

四

源九郎たち四人は、路地木戸の前の道を南にむかった。その道は、竪川沿いの道につづいている。

源九郎たちは竪川沿いの道に出ると、西に足をむけた。いっとき歩くと、賑や

かな両国橋の東のたもとに出た。様々な身分の老若男女が行き交っている。源九郎たちは人込みを抜け、両国橋を渡った。

渡った先のたもとから、さらに賑やかな両国広小路がひろがっていた。そこは江戸でも屈指の盛り場で、様々な身分の人々が行き交っていた。見世物小屋や水茶屋が並び、物売りの声があちこちで聞こえた。

「こっちだ」

菅井が先にたち、両国橋のたもとで左手に折れた。そして、大川端沿いにつづく道を川下にむかった。

菅井は、この近くで見物人を集め、居合抜きの大道芸を観せて銭を得るのを生業にしていたので、付近のことはよく知っていたのだ。

大川端沿いの道をいっとき歩くと、前方に薬研堀にかかる元柳橋《もとやなぎばし》が見えてきた。

「おゆき、橋のたもとを右手に入るのか」

菅井が訊いた。

「そうです」

おゆきが、小声で言った。

菅井が先にたち、元柳橋のたもとを右手に折れた。そこは薬研堀沿いにつづく道で、人通りが多かった。医者の家もあったが、道沿いにある料理屋、料理茶屋、そば屋、小料理屋などの飲み食いできる店が目につく。

ここは、賑やかな両国広小路から近いこともあって、様々な身分の者たちが流れて来て、食事をしたり、商談のために利用したりするのだ。

薬研堀沿いの道をいっとき歩くと、

「そこの料理屋の脇の道を入った先です」

そう言って、おゆきが先にたった。

二階建ての大きな料理屋だった。すでに、客が入っているらしく、嬌声《きようせい》や男の談笑の声などが聞こえてきた。

その店の脇に、道があった。道沿いに、飲み屋、一膳めし屋、小料理屋などの飲み食いできる小体《こてい》な店が並んでいる。

おゆきが先に料理屋の脇の道に入り、半町ほど歩いたところで足を止め、

「その店です」

と言って、斜向《はす》かいにある店を指差した。

小料理屋らしい洒落《しやれ》た店だった。間口は狭いが、二階もあった。店の入口は格

子戸になっていて、脇の掛け看板に、「御料理　酒　小鈴《こすず》」と書かれていた。どうやら、店の名は小鈴らしい。

店先に、暖簾《のれん》が出ていなかった。店はしめてあるらしい。

源九郎たちが、小鈴の戸口に近付くと、かすかに水を使う音がした。板場らしい。

「店に、だれかいるようだ」

源九郎が小声で言った。

「政吉《まさきち》さんです」

おゆきによると、政吉は姉がいるときから小鈴の板場を任せられている男だという。

おゆきは、「入ってください」と言って、入口の格子戸をあけた。すると、店の奥で聞こえていた水の音がやんだ。政吉が、だれか店に入ってきたのに気付いたようだ。

店に入ると、狭い土間があり、その先が小上がりになっていた。小上がりの先に襖《ふすま》がしめてあった。そこにも、座敷があるらしい。

小上がりの脇から、男がひとり姿を見せた。老齢の男である。手拭いで濡れた手を拭きながら、土間に出てきた。板場から出てきたようだ。

「女将《おかみ》さん！」

と、男が昂《たかぶ》った声で言った。そして、そばにいる源九郎たちを目にすると、戸惑うような顔をした。この男が、政吉らしい。

「政吉さん、この人たちに助けてもらったの」

おゆきが、涙声で言った。

政吉は源九郎たちに近付き、

「女将さんを助けていただき、あっしからも、お礼を言いやす」

そう言って、頭を下げた。

「政吉さん、わたしがいないときに、何かなかった」

おゆきが、小声で訊いた。

「今朝方、権蔵の子分が様子を見に来やしたが、女将さんがいねえと知ると、帰《けえ》っちまいやした」

「何人来たの」

「ふたりでさァ」

「そうなの」

おゆきは眉を寄せて言い、

「政吉さん、お茶を淹れてくれる」

と、声をあらためて言った。

「すぐ、淹れてきやす」

政吉はあらためて、源九郎たちに頭を下げ、小上がりの脇から奥にむかった。どうやら、源九郎たちのために茶を淹れてくれるらしい。

「上がってください」

おゆきが、小上がりに手をむけた。

源九郎、菅井、孫六の三人は、小上がりに上がって腰を下ろした。おゆきは上がらずに、上がり框《がまち》の近くに立っている。

いっときすると、政吉が盆に湯飲みを載せて運んできた。おゆきは、政吉の姿を目にすると、小上がりに上がった。そして、源九郎たち三人からすこし離れた場に、腰を下ろした。

五

茶を運んできた政吉は、小上がりにいる源九郎たち三人に茶を出した後、おゆきの膝先に湯飲みを置いた。

政吉は小上がりのそばに立ったまま、

「旦那さんたちは、どこにお住まいです」

と、小声で訊いた。

「川向こうの本所、相生町だ」

源九郎が言った。

すると、政吉が、あらためて源九郎たち三人に目をむけ、「長屋ですかい」と小声で訊いた。

「伝兵衛店だよ」

孫六が言った。

「やっぱり、伝兵衛店の方たちでしたかい」

政吉が納得したような顔をした。

「政吉、伝兵衛店のことを知っているのか」

菅井が訊いた。

「へい、客の何人かが、相生町にある伝兵衛店には腕のたつお侍が何人かいて、事情を話して頼めば、助けてくれる、と聞いたことがあるんでさァ」

政吉がそう言って、源九郎、菅井、孫六の三人に目をやった。

「見たとおりの年寄りでな。……歩くのがやっとだ」

源九郎が苦笑いを浮かべた。

すると、脇にいた孫六が、

「政吉さん、酒はあるかい。ここにいるのは、みんな飲兵衛《のんべえ》でな。一杯やりながら話してえのよ」

と、口を挟んだ。

「これは、気付きませんで……。すぐに、仕度しやす」

そう言い残し、政吉は慌てて踵《きびす》を返した。

「肴《さかな》はあるもので、いいぞ」

菅井が声をかけた。

政吉がその場を離れると、

「おゆき、政吉の話だと、今朝方、権蔵の子分が店の様子を見に来たようだな」

源九郎が、声をあらためて言った。

「は、はい……」

おゆきが、不安そうな顔をした。

「おゆきが店にいたら、子分たちに連れていかれたかもしれんぞ」

源九郎が言った。子分たちは、店におゆきがいるかどうか確かめにきたのではないか、と思った。

「こ、怖い……」

おゆきは、声をつまらせた。顔が青褪めている。源九郎に言われて、恐ろしさが増したようだ。

「心配するな。しばらく、わしらが店にいて様子を見る」

源九郎が言うと、

「一杯やりながら、店にいやす。華町の旦那と菅井の旦那は、すこし酔ってた方が腕が冴えるんでさァ」

孫六がそう言って、胸を張った。

「お酒なら、たくさんありますから」

おゆきが、源九郎と菅井に目をやって言った。

それからいっときすると、政吉が盆に猪口《ちょく》と銚子、それに肴の入った小鉢を載せて運んで来た。小鉢には、大根と油揚げの煮付けが入っている。

「肴は、こんなものしかなくて」

政吉は、盆に載せて運んできた酒と肴を上がり框近くに置いた。すると、おゆきが慣れた手付きで、源九郎たちの膝先に酒肴《しゅこう》を並べた。

「旨《うま》そうだな」

孫六が目を細めて言った。

「まず、一杯」

源九郎が銚子を手にして、脇に腰を下ろしていた菅井の猪口に酒を注いでやった。

「いただくか」

菅井は、目を細めて猪口の酒を飲み干した。

源九郎たちは三人で酒を注ぎ合ったり、おゆきに注いでもらったりして、いっとき飲んでから、

「今日は、子分たちも姿を見せないようだ」

源九郎が、菅井に目をやって言った。

「来るなら、明日の朝かもしれねえ」

脇から、孫六が口を挟んだ。

「そうだな」

源九郎も、子分たちが来るなら明日だろうと思った。

「今夜は長屋に帰って、明日の朝、ここにくるか」

菅井が、源九郎と孫六に目をやって訊いた。

「で、出直すんですかい。……飲んじまいやした」

孫六が、声をつまらせて言った。

「うむ……」

源九郎はいっとき口をつぐんで、虚空に目をやっていたが、「それしかないか」とつぶやき、

「おゆき、わしらは、今夜、ここに泊まる。これから長屋に帰って、明日の朝、出直すのは面倒だからな」

と、菅井と孫六にも目をやって言った。

菅井と孫六は、すぐにうなずいたが、おゆきは源九郎に目をやり、

「泊まっていただくのは、有り難いのですが、みなさんがお休みになれるような部屋が……」

と言って、戸惑うような顔をした。

「おれたちは、ここでいい。酒さえあれば、明日の朝まで、ここで過ごす」

源九郎が言うと、

「おゆきさん、心配することはねえ。あっしらは、寝ずの見張りに慣れてるんでさァ」

孫六が、身を乗り出すようにして言った。

「で、でも……」

おゆきは、視線を膝先に落としたまま困ったような顔をした。

「おゆき、相手は、ひとりやふたりの遊び人やならず者ではないぞ。後ろには、権蔵がいる。……腹を括《くく》ってかからないと、この店から連れ出されるだけでなく、おゆきもおれたちも皆殺しになる」

源九郎が、虚空を睨《にら》むように見据えて言った。

「華町さまのおっしゃるとおりにします」

おゆきが、源九郎に目をやって言った。

六

その夜遅くなってから、源九郎たちは、小上がりの奥の座敷に横になった。おゆきが、運んでくれた搔巻を体にかけたり、座布団を枕にしたりして、明け方まで一眠りした。

源九郎たちは、明け六ツ（午前六時）を過ぎてから目を覚まし、奥の座敷から小上がりにもどった。

おゆきが、すぐに小上がりに姿を見せた。階下の物音で、源九郎たちが座敷を出て小上がりにもどったのを知ったようだ。すでに、おゆきは小袖姿に着替えていた。顔も洗い、うっすらと化粧もしている。

「お休みになれましたか」

おゆきが、源九郎たちに目をやって訊いた。

「眠れた。わしらは、こうしたことに慣れているのでな」

源九郎が、乱れた小袖の襟元を直しながら言った。

菅井と孫六も、笑みを浮かべてうなずいた。三人とも、眠ったのはわずかな時間だが、こうしたことに慣れていたのは、事実である。

「政吉は」

源九郎が訊いた。

「板場にいます。今朝早く、店に来てくれたようです」

おゆきによると、政吉の家は近くにあり、早朝から店に来てくれるという。

「ともかく、顔を洗わせてもらうかな」

源九郎が言うと、菅井と孫六がうなずいた。

「裏手の流し場を使ってもらえますか」

おゆきが、済まなそうな顔をして言った。

「流し場で顔を洗うのは、慣れている」

源九郎が言うと、菅井と孫六がうなずいた。

源九郎たち三人はおゆきに案内され、裏手の流し場にむかった。そこに、政吉も来ていて、いろいろ世話をしてくれた。

源九郎たち三人が顔を洗って、小上がりにもどると、

「あっしが、様子を見てきやす」

そう言って、孫六が格子戸に足をむけた。

「わしも、行こう」

源九郎が、孫六につづいた。

ふたりは小鈴から出ると、表の通りに目をやった。道沿いには飲み屋や一膳めし屋などが並んでいたが、どの店も表戸を閉めていた。早朝から、商いを始める店はないようだ。人の姿もなく、通りはひっそりとしている。

「権蔵の子分たちが、踏み込んでくる気配はないな」

源九郎が言った。

「旦那は、ここにいてくだせえ。あっしが、ひとっ走《ぱし》りして、表の通りを見てきやす」

そう言い残し、孫六は表通りにむかった。

孫六の姿は、すぐに消えた。そして、いっときすると、孫六が通りの先に姿を見せ、小走りに源九郎のいる場にもどってきた。

「どうだ、子分たちはいたか」

源九郎が訊いた。

「それらしい男は、ひとりもいねえ。それに、薬研堀沿いの通りの店も、しまったままでさァ」

「まだ、早いからな」

「どうしやす」

「ともかく、小鈴にもどろう」

源九郎と孫六は、小鈴の格子戸をあけて店内に入った。

小上がりに菅井とおゆき、それに政吉の姿があった。

「権蔵の子分らしい男は、見当たらぬ」

源九郎が、菅井たちに目をやって言った。

「まだ早《はえ》え。来るとしても、五ツ（午前八時）過ぎでさァ」

政吉が言った。

「そうか。……しばらく、待とう」

源九郎が言うと、孫六と菅井がうなずいた。

「あっしは、朝飯の仕度をしやす」

政吉はそう言い残し、板場にむかった。

それから、半刻（一時間）ほど過ぎたろうか。政吉とおゆきが、朝餉《あさげ》の仕度をして小上がりに運んできた。

朝飯は、飯とみそ汁、菜は漬物、それに大根と油揚げを煮付けたものである。小料理屋らしい菜である。

「済まんな、手間をとらせて」

源九郎が、政吉とおゆきに目をやって言った。

源九郎たち三人は、朝餉を食べながらも店の入口に気を配っていた。権蔵の子分たちが、踏み込んでくるかもしれないのだ。

それからしばらく経ち、源九郎たちは朝餉を食べ終えた。権蔵の子分たちが踏み込んでくる気配は、まったくなかった。

「今日は、来そうもないな」

菅井が、店の入口の格子戸に目をやって言った。

「念のため、もうすこし待ってみよう」

源九郎は、昼近くになっても、子分たちが小鈴に姿を見せなければ、長屋に帰るつもりだった。

四ツ（午前十時）近くになり、道沿いの店の多くが商いを始め、行き来するひとの姿も目につくようになった。

「おゆき、今日は、来ないようだな」

源九郎が言った。

「はい……。ですが、明日くるか、明後日《あさって》くるか」

おゆきは、おびえたような顔をした。

「どうするかな。わしらも、連日、この店に寝泊まりするわけにはいかないし……。やはり、おゆきは、しばらく長屋にいてもらうしかないな」

源九郎が言うと、そばにいた菅井と孫六がうなずいた。

「……」

おゆきは、いっとき虚空に目をとめて考え込んでいたが、

「長屋に、お世話になります」

と、はっきりと言った。

それから、おゆきは、しばらく小鈴を閉じ、伝兵衛店に身を潜めることを政吉に話した。

「分かりやした。あっしも、その方がいいと思ってやした」

政吉が言った。どうやら、おゆきは政吉と、あらかじめ今後どうするか相談していたらしい。

「長屋にいれば、権蔵の子分たちに襲われることもあるまい」

源九郎が、菅井と孫六に目をやって言った。

菅井と孫六は、無言でうなずいた。

七

源九郎、菅井、孫六の三人は、おゆきを連れて小鈴を出た。念のため、近くに権蔵の子分はいないか辺りを見回したが、それらしい男の姿はなかった。

源九郎たちは料理屋の脇を通って、薬研堀沿いの道に出た。昼近くなっていたので、多くの人が行き交い、賑わっていた。

源九郎たちは薬研堀沿いの道から大川端の道に出て、川上に足をむけた。いっとき歩くと、賑やかな両国広小路に出た。

「こっちだ」

そう言って、菅井が先にたった。

源九郎たちは大川の岸際をたどって両国橋のたもとに出ると、橋を渡り、さらに竪川沿いの道を東にむかった。

そして、相生町一丁目をいっとき歩いてから左手の道に入った。その道の先に、源九郎たちの住む伝兵衛店がある。

源九郎たちは伝兵衛店の路地木戸をくぐり、井戸端まで行くと、お熊の姿があった。お熊の脇に、水桶が置いてある。水酌みに来たらしい。

「その女《ひと》が、おゆきさん」

お熊が、源九郎に訊いた。

「そうだ。……お熊、おゆきが、わしの部屋で暮らすことになったから、面倒をみてやってくれ」

源九郎が言うと、

「まさか、華町の旦那の嫁さんじゃァないでしょうね」

お熊が、源九郎とおゆきを交互に見て訊いた。顔に、好奇の色がある。

「そ、そうではない。おれは、菅井の家で、寝泊まりする。……おゆきは、事情があってな。しばらく、長屋に住むことになりそうなのだ」

源九郎が言うと、

「おゆきです。よろしく、お願いします」

おゆきが、お熊に頭を下げた。

菅井と孫六は源九郎の後ろに立って、薄笑いを浮かべてお熊と源九郎たちのやり取りを聞いている。

「心配しなくていいよ。この長屋に住むひとは、みんな、家族のようなものだから。何かあったら、あたしに相談して」

お熊が、身を乗り出して言った。

「はい」

おゆきは、もう一度、お熊に頭を下げた。

「お熊、頼むぞ」

源九郎はそう言い置いて、おゆきを連れて自分の家にむかった。

源九郎たち四人が、源九郎の家の座敷に腰を落ち着けると、

「長屋のひとは、いいひとですね」

おゆきが、ほっとした顔をして言った。

「そうだ。長屋の女たちは、お熊のようにいいひとばかりだ。何かあったら、相談するといい」

源九郎が言った。

それから、源九郎は長屋の住人のことや暮らしぶりなどを話した後、

「権蔵たちとの始末がつくまで、ここを自分の家と思って暮らしてくれ」

と、言い添えた。

「ありがとうございます」

おゆきは、源九郎たち三人に頭を下げた後、

「華町さまたちのことは聞いています。華町さまたちは、用心棒と呼ばれる人たちで、困ってる人たちの味方になって、助けてくれるとか」

そう言って、源九郎、菅井、孫六の三人に目をやった。

源九郎の住む伝兵衛店には、はぐれ長屋の用心棒と呼ばれる男たちがいた。

伝兵衛店には、その日暮らしの日傭取り、大道芸人、食いつめ牢人など、はぐれ者が多く住んでいた。それで、はぐれ長屋と呼ばれることがあったのだ。

そうした男たちのなかに、源九郎と同じように長屋で起こった事件にかかわるだけでなく、商家の用心棒に雇われたり、勾引《かどわ》かされた娘を助け出して礼金を得たり、用心棒のようなことをして金を得たりする者がいた。それで、源九郎たちのことをはぐれ長屋の用心棒などと呼ぶ者がいたのだ。

「まあ、そうだ」

源九郎が戸惑うような顔をした。たしかに、源九郎は依頼人から相応の金を得て、仕事を引き受ける用心棒と呼ばれるひとりだが、おゆきは金のためでなく、身内として助けてやりたかったのだ。

ただ、源九郎はそう思っても、菅井と孫六、それに他の仲間も報酬なしでは、危ない橋は渡らないだろう。かといって、源九郎ひとりでは、相手が大物過ぎた。権蔵は大勢の子分を従えている親分なのだ。

「それで、わたし、お礼のお金を用意してきました」

おゆきはおずおずと、着物の袂《たもと》から袱紗《ふくさ》包みを取り出した。

「お礼のお金といっても、わずかしかないんです。……これは、亡くなった姉が小鈴に何かあったときのためにと思って、コツコツ貯めたものです」

　そう言って、おゆきは袱紗包みを膝先に置いてひらいた。

　何かが、和紙につつまれていた。その和紙をひらくと、小判が四枚、それに一分銀が十数個あった。一分銀は四つで、一両である。数えてみないとはっきりしないが、一分銀だけで、三、四両はありそうだ。小判と合わせれば、七、八両になる。

　源九郎は、少ないと思った。はぐれ長屋の用心棒と呼ばれる者たちは、源九郎、菅井、孫六の他に、四人いる。七人で、均等に分けねばならないので、ひとり頭一両あるか、どうかである。

　源九郎たちが普段遣うのは銭貨が多く、滅多に小判など手にすることはないが、それでも命懸けの仕事なので、相応の金が欲しい。

　ただ、源九郎は断れなかった。今になって、おゆきを見放すことはできなかったのだ。

「わしひとりで引き受けるわけにはいかないが、有り難く、いただいておく」

　源九郎は手を伸ばして、袱紗包みを摑んだ。

　菅井と孫六は何も言わなかったが、ちいさくうなずいた。承知したようである。

その日、源九郎はおゆきに、これまでと同じように源九郎の家で休むように話し、菅井たちといっしょに家を出た。

八

源九郎、菅井、孫六の三人が、おゆきから身を守ることを頼まれた翌日、松坂町の亀楽に七人の男が集まった。

いずれもはぐれ長屋の住人で、源九郎、菅井、孫六、それに、牢人の安田十兵衛《やすだじゅうべえ》、研師《とぎし》の茂次《しげじ》、鳶《とび》の平太《へいた》、砂絵描きの三太郎《さんたろう》だった。砂絵描きは、染粉《そめこ》で着色した砂を袋に入れて持参し、地面に砂を垂らして絵を描く見世物である。

すでに、源九郎たちの前には、銚子と肴が並んでいた。

源九郎たちは、店の土間に置かれた飯台を前にし、腰掛け代わりの空樽《あきだる》に腰を下ろしていた。店のなかに、他の客はいなかった。主人の元造《もとぞう》に頼み、店を貸し切りにしてもらったのだ。元造は気のいい男で、源九郎たちが頼めば、他の客は断ってくれる。

店内に、元造とおしずの姿がなかった。おしずは平太の母親で、はぐれ長屋から亀楽に手伝いに来ていたのだ。おしずは元造と一緒に酒肴を出し、源九郎たちの話の邪魔にならないように気をきかせて板場にもどったが、源九郎たちが声をかければ、すぐに出てくるはずである。

源九郎は銚子を手にし、

「まずは、一杯やってからだ」

そう言って、脇に腰を下ろしていた菅井の猪口に酒を注いだ。

菅井は猪口を手にし、

「こうやって、みんなで飲む酒はうまいからな」

と言って、猪口の酒を飲み干した。

これを見た他の五人も、近くに腰を下ろしている仲間と酒を注ぎ合って飲み始めた。男たちの声や飲み食いする音などで、店のなかが急に騒がしくなった。

源九郎は仲間たちと酒を注ぎ合ってしばらく飲んでから、

「わしの家に、若い娘が寝泊まりしているのを知っているか」

と、その場にいる男たちに聞こえる声で言った。

「知ってやす。……旦那の情婦《いろ》ですかい」

茂次が薄笑いを浮かべて言うと、

「情婦にしては、華町の旦那が菅井の旦那の家で寝泊まりしているのは、どういうわけです」

三太郎が訊いた。

「わしの情婦ではないぞ。……その娘はおゆきという名で、薬研堀や両国広小路界隈《かいわい》を縄張りにしている権蔵という親分に目をつけられ、やっている小料理屋から追い出されそうになっているのだ」

源九郎はそう言った後、

「わしの推測だがな。権蔵は、強引におゆきを自分の情婦《おんな》にして、そばに置きたいのかもしれん」

と、言い添えた。まだ、そうした動きはないようだが、おゆきから小料理屋を奪うのだけが目的ではないような気がした。

「それで、おれたちは何をすればいいのだ」

安田が訊いた。

安田は牢人だった。はぐれ長屋に引っ越してきて、まだ二年ほどしか経っていない。女房子供はなく、長屋の独り暮らしである。御家人の次男に生まれたが、兄が嫁を貰い、家に居辛くなって長屋暮らしを始めたのだ。一刀流の遣い手だが、剣術では食っていけず、金がなくなると、口入れ屋で仕事をみつけ、何とか長屋暮らしをつづけていた。安田も源九郎たちと同じ、はぐれ者のひとりである。

「おゆきを、ならず者たちの手から守ることだ。しばらく、おゆきは長屋に住むから、目を配ってもらいたい」

源九郎はそう言ったが、腹の中では長屋にいるおゆきを守るだけでは駄目だと思っていた。権蔵自身を討つか、権蔵におゆきを諦めさせるかしなければ、始末はつかないだろう。

「おゆきさんに、目を配ってるだけでいいんですかい」

茂次が訊いた。

「いや、こちらからも、手を打つつもりだ」

「どんな手です」

「まず、権蔵の身辺を探り、権蔵の狙いは何か突きとめるのだ」

源九郎と茂次が口をつぐむと、次に口をひらく者がなく、店内は重苦しい沈黙につつまれた。

「権蔵の狙いを突きとめると言っても、おれたちは何をすればいいのだ」

安田が声高に言って、沈黙を破った。

「そうだな。……権蔵の居所を突きとめて、近所で聞き込んでもいいし、子分のひとりを捕らえて、話を訊いてもいいな」

源九郎が言った。

「ともかく、権蔵を探ることだな」

菅井が言い添えた。

「権蔵一家と、やり合うことになりやすぜ」

茂次が、身を乗り出して言った。

「そうなるな。迂闊《うかつ》に動くと、わしらが殺される。それと知れないように、慎重に動くしかない。……危ないと見たら、ここにいる仲間で相談して、みんなで手を打とう」

源九郎が言うと、その場にいた男たちがうなずいた。

つづいて口をひらく者がなく、いっとき酒を飲む音や肴を食べる音などが聞こえていたが、

「それで、御手当ては」

茂次が、揉《も》み手をしながら訊いた。

「ここに、八両ある」

源九郎が言った。おゆきから渡された袱紗包みのなかに、小判が四枚。それに一分銀が、四両分あったのだ。

「全部で、八両ですかい」

茂次が、がっかりしたように肩を落とした。

その場にいた他の男の顔にも、落胆の色があった。相手は、子分が大勢いるやくざの親分である。おゆきの身を守るといっても、命懸けの仕事だった。しかも、長期間かかるとみねばならず、自分の仕事からも離れねばならない。

「わしも、無理には頼めぬ」

源九郎が小声で言った。

「それで、華町の旦那は、どうする気なんです」

孫六が訊いた。

「わしは、ひとりでもやるつもりだ。……すでに、おゆきは長屋に住んでいるし、わしらの仲間のひとりと思っているからな」

源九郎が言うと、

「おゆきさんは、同じ長屋に住んでいる仲間ですぜ」

孫六が男たちに目をやって言った。

すると、菅井が、

「おれもやる。おゆきが、目の前で権蔵一家の者に連れていかれるのを見ていることは、できんからな」

そう言って、手にしていた猪口の酒を飲み干した。

「おれも、やるぜ！」

茂次が言うと、平太と三太郎も、やる、やる、と口にした。

「おれも、やろう！」

安田も声を大きくして言った。

「これで決まりだ。……どうだ、ここに八両ある。ひとり一両ずつ分けると、一両残る。残った一両は、ここでの飲み代にしたら」

源九郎が言うと、その場にいた男たちから、承諾の声が聞こえた。

七人の男が、命懸けであたる仕事にしては、ひとり一両ではすくないような気もするが、源九郎たち七人には、金儲けでやるのではないという自負があるのだ。

「みんな、今夜は金の心配をせずに飲んでくれ」

源九郎が、猪口を手にして声を上げた。

すると、男たちの間から、「飲むぞ!」「久し振りに、仲間たちと飲めるぞ!」などという声が起こった。

第二章　探り合い

一

その日は、朝から雨だった。源九郎は、菅井の家で将棋を指していた。菅井は無類の将棋好きだった。これまでも、雨が降ると、菅井は居合の見世物に出られないので、決まって源九郎の家に将棋を指しにきていた。

ところが、源九郎の家にはおゆきが寝泊まりしているので、昨夜から源九郎は菅井の家にいた。それで、菅井は朝飯を炊き終えると、

「朝めしを食いながら、将棋だ」

そう言って、源九郎を将棋盤の前に座らせた。

菅井と源九郎は炊いた飯を握って、朝飯に食べながら、将棋を指すことにした

のだ。

源九郎は朝から将棋を指す気にはなれなかったが、菅井の部屋で寝泊まりし、朝飯を食べさせてもらうので、無下には断れなかったのだ。

源九郎と菅井が、小半刻(三十分)ほど指したときだった。戸口で足音がし、

「菅井の旦那、華町の旦那、いやすか」と、茂次の声がした。

茂次の生業《なりわい》は、研師《とぎし》だった。路地や長屋をまわって包丁、鋏《はさみ》、小刀などを研いで暮らしをたてていた。頼まれれば、鋸《のこぎり》の目立てもやる。お梅《うめ》という女房と暮らしているが、まだ子供はいなかった。茂次も、雨の日は仕事に出られず、長屋でくすぶっていることが多かった。

「いるぞ」

菅井が声をかけた。

すぐに、腰高障子があいて、茂次が姿を見せた。茂次は土間に入ってくると、源九郎と菅井に目をやり、

「やってやすね」

と、薄笑いを浮かべて言った。

「茂次、何か用か」

菅井が訊《き》いた。

「何の用も、ねえんでさァ。今日は雨なんで、将棋をやっているだろうと思いやしてね。覗《のぞ》きに来たんでさァ」

「暇そうだな」

菅井が、将棋盤を見つめたまま言った。

「旦那たちと同じで」

そう言って、茂次は勝手に座敷に上がってきた。そして、将棋盤の脇に座って、盤を覗いた。

菅井と源九郎も、何も言わなかった。雨の日は、やることのない仲間が、将棋を見に来ることがあったのだ。

茂次が姿を見せて、小半刻も経ったろうか。戸口に近付いてくる忙《せわ》しそうな下駄の音がした。

下駄の音は腰高障子の向こうでとまり、

「華町の旦那、ここですか！」

と、お熊の昂《たかぶ》った声がした。

「どうした、お熊！」

源九郎が、腰高障子の方に顔をむけて訊いた。何かあって、知らせにきたと思ったのである。

すぐに、腰高障子があいて、お熊が顔を見せた。お熊は土間に入ってくるなり、

「男がふたり、いました！」

お熊は、源九郎たちの姿を見るなり声を上げた。

「ここには、男が三人いやすよ」

茂次が茶化すように言った。

「長屋の者じゃァないんだよ。遊び人ふうの男が、路地木戸の近くにふたりいてね。長屋の者に、旦那たちのことを訊いてたようだよ」

お熊が、土間で足踏みしながら言った。

「なに、わしらのことを訊いていたと」

源九郎は、将棋の駒を手にしたまま体をお熊にむけた。源九郎の頭に、権蔵の子分のことがよぎったのだ。

「そうらしいよ」

「まだ、いるのか」

「さっきまでいたらしいけど、今もいるかどうかは分からないよ」

お熊が、首を傾《かし》げて言った。

「菅井、行ってみよう」

源九郎は、腰を上げた。

「華町、将棋はどうするんだ。将棋は！」

菅井が駒を手にしたまま言った。

「後だ。将棋は、いつでもできる」

「仕方ない」

菅井は、不服そうな顔をして立ち上がった。

源九郎、菅井、茂次の三人は、お熊につづいた。そして、路地木戸の近くまで来たが、遊び人ふうの男はいなかった。

近くに、長屋の住人のおとよとおしげがいた。ふたりは、何やら話し込んでいた。

「おしげ、おとよ、路地木戸の近くに、遊び人ふうの男はいなかったか」

源九郎が訊いた。

「い、いました」

おしげが、声をつまらせながら言うと、

「あたしたち、長屋のことを訊かれたんだよ」

おとよが、脇から身を乗り出すようにして言った。

「長屋のこととは」

源九郎が、おとよに近付いて訊いた。

「華町の旦那や、菅井の旦那のこと」

「その男は、わしらの名を口にしたのか」

源九郎が身を乗り出して訊いた。

「旦那たちのことを知ってましたよ。それに、おゆきさんのことも訊いていた」

おしげが、昂った声で言った。

「おゆきのことを話したのか」

「話さなかった。あたしとおとよさんは、華町の旦那たちが、おゆきさんを長屋に匿《かくま》っていることを知ってたけどね」

おしげが言うと、おとよがうなずいた。

「助かったぞ。ならず者たちは、おゆきを連れ去ろうとして、捜していたにちがいない」

源九郎が、その場にいた菅井と茂次に目をやって言った。

「それで、ならず者たちは、どこへ行ったのだ」

菅井が、おしげとおとよに目をやって訊いた。

「竪川の方へ行ったよ」

おしげが言った。

「帰ったのかもしれん」

そう言って、源九郎は通りの先に目をやった。

二

「わしらが、おゆきを長屋で匿っていることは、いずれ知れるな」

源九郎が、つぶやくような声で言った。

「そうだな。そいつらは、おゆきの名を口にして、長屋の近くで聞き込んでいたようだからな」

菅井が言った。

「うむ……」

源九郎は、顔を厳しくしてうなずいた。

「どうする」

菅井が訊いた。

「ふたりの男は、長屋に来る前に近所でおゆきのことを訊いたはずだ。念のため、近所で訊いてみるか」

源九郎は、ふたりの男におゆきのことを訊かれた者から話が聞ければ、なにを探っていたか、はっきりすると思った。場合によっては、おゆきを別の場所に隠さねばならない。

源九郎、菅井、茂次の三人は、小半刻ほどしたら長屋の路地木戸の前にもどることにして、その場で別れた。

ひとりになった源九郎は、長屋の路地木戸の前の通りを竪川の方にむかって歩き、話の聞けそうな店を探した。

源九郎は、路地木戸から半町ほど離れたところにあった八百屋を目にとめた。店先に親爺の源吉《げんきち》がいた。源九郎は八百屋が長屋から近いこともあって、源吉のことを知っていた。知っていたといっても、話をする程度である。

源吉は、大根を並べた台を動かしていた。陽が当たらないように、台を下げているらしい。

「源吉、すまぬが、訊きたいことがあるのだ」

源九郎が声をかけた。

「華町の旦那、なんです」

源吉が訊いた。

「ちかごろ、この店に立ち寄って、長屋のことを訊いた者はいないか」

「いやすよ」

源吉が、すぐに言った。

「いるか！　それで、その男の名を知っているか」

源九郎が、身を乗り出して訊いた。

「名は知りやせん」

「どんな男だった」

「ふたりいて、ふたりとも、遊び人のようでした」

「それで、どんなことを訊かれた」

源九郎は、源吉に身を寄せた。

「長屋に若い女が、匿われていないか、訊かれやした」

「どう答えた」

源九郎が、すぐに訊いた。おそらく、その男は、おゆきのことを訊いたのだろう。

「長屋に若い女は何人もいるが、匿われている女がいるかどうかは知らねえと言っておきやした」

「そのふたりは、女の名を口にしなかったのか」

「名は口にしやせん」

「そうか。……他に訊かれたことは」

「長屋には、武士が何人もいるようだが、ふだん何をしているのか訊かれやした」

源吉は、上目遣いに源九郎を見て言った。

「わしらのことのようだが、どう話したのだ」

「あっしは、何をしてるか知らねえと言ってやりやした。あっしが知ってるのは、菅井の旦那だけで、華町の旦那たちが、何をしてるか知らねえんでさァ」

「わしは傘張りだが、ちかごろ何もしてないからな。……わしがしているのは、めしの仕度ぐらいだな」

源九郎が、苦笑いを浮かべて言った。

「今度訊かれたら、めしの仕度をしていると言ってやりやすよ」

そう言って、源吉は相好をくずした。

「手間をとらせたな」

源九郎は源吉に声をかけ、店先から離れた。

それから、源九郎は道沿いにあった別の店にも立ち寄って話を訊いたが、新たなことは知れなかった。

源九郎が長屋の路地木戸の前にもどると、茂次の姿はあったが、菅井はまだだった。源九郎が、茂次に八百屋の親爺に聞いたことを話そうとすると、

「菅井の旦那ですぜ！」

茂次が、通りの先を指差した。見ると、菅井の姿があった。菅井は、小走りにもどってくる。

源九郎は菅井が近付くのを待ち、

「おれから話す」

と言って、八百屋の源吉から聞いたことを話した。

「お、おれも、おゆきのことを探っていた男たちのことを聞いたぞ」

菅井が、息を弾ませながら言った。小走りにもどってきたために、まだ、息が

切れているようだ。

「探っていたのは、ふたりだな」

源九郎が、念を押すように訊いた。

「おれが聞いた瀬戸物屋の主人《あるじ》は、牢人体の武士もそばにいたと言ってたぞ」

菅井が言った。すると、脇にいた茂次が、

「あっしも、牢人ふうの武士が、一緒にいたと聞きやした」

と、身を乗り出して言った。

「どうやら、武士も一緒にいたようだな。……おそらく、わしらが長屋にいたときのことを考えて一緒にきたのだろう」

「それに、俺たちのことも探ってたようだぞ。長屋にいる武士のことを、しつこく訊いたらしいからな」

菅井が、茂次につづいて言った。

「どうしやす」

茂次が訊いた。

「ともかく、長屋にもどろう」

源九郎たち三人は長屋にもどり、菅井の家に腰を落ち着けた。

三

源九郎、菅井、茂次の三人は、手分けして長屋をまわり、長屋に残っている仲間を集めることにした。長屋を探っていた者たちがいたことを伝え、今後どうするか相談するためである。

それからいっときして、菅井の家に六人の男が、集まった。源九郎、菅井、茂次、孫六、安田、それに平太である。三太郎は砂絵描きの見世物のために、出かけているという。何処か、雨の凌げる場所に客を集めているのだろう。

「三太郎には、長屋に帰ってきたら話そう」

そう言って、源九郎は、遊び人ふうの男と牢人体の武士が長屋を探りにきたことを話し、

「このままだと、長屋のわしの家におゆきがいることは、すぐに知れる」

と、言い添えた。

「権蔵たちだが、おゆきが長屋にいることを知ったら、どんな手を打ってくるかな」

安田が男たちに目をやって訊いた。

「まず、おゆきを攫《さら》うだろうな」

源九郎が言った。

「それだけではあるまい」

菅井が、座敷にいた男たちに目をやり、

「おれたちも、始末しようとするのではないか」

と、言い添えた。

「長屋を出たところを襲われると、太刀打ちできないぞ」

安田が険しい顔をした。

「そうかといって、いつも一緒に、出入りするわけにはいかないな」

源九郎が言った。

次に口をひらく者がなく、座敷が重苦しい沈黙につつまれたとき、

「きゃつらに、勝手なことをさせて見ていることはない。どうだ、こっちも手を打たないか」

安田が男たちに目をやって言った。

「どんな手だ」

菅井が訊いた。

「まず、権蔵たちが何をしようとしているのか、摑《つか》むことだ。それには、子分をひとり捕らえて、話を聞けばいい」

安田が言うと、

「そうだな。まず、長屋を探っている子分のひとりを捕らえて、話を聞いてみるか。権蔵たちの狙いが何なのか、はっきりすれば、打つ手がある」

源九郎が、その場にいる男たちに目をやって言った。

「やりやしょう」

孫六が声高に言うと、座敷にいた男たちが一斉にうなずいた。


翌日、陽が高くなってから、源九郎と孫六は、長屋の路地木戸近くの店の脇に身を隠していた。

その店は小体《こてい》な下駄屋で、源九郎たちも下駄を買うことがあった。店の親爺の太吉《たきち》は、源九郎たちとは顔馴染《なじみ》で、店の脇に身を隠している源九郎と孫六の姿を目にしても、何も言わなかった。それに、太吉は、源九郎たちが、長屋に連れてきたおゆきのために動いていることを知っていた。

源九郎たちがその場に身を隠して、一刻（二時間）ほど経ったが、権蔵の子分らしい男は姿を見せなかった。目にするのは、長屋の路地木戸を出入りする住人ばかりである。

「旦那、長屋に帰《けえ》って、一休みしやすか」

孫六が、生欠伸《なまあくび》を噛《か》み殺して言った。

「そうだな」

源九郎も、長屋に帰って一休みしようかと思った。

源九郎と孫六は、下駄屋の脇から通りに出ようとした、そのとき、ふたりの足が止まった。

「だ、旦那、きやした！」

孫六が声を上げ、慌てて下駄屋の脇に身を隠した。

源九郎もつづき、孫六の脇に身を寄せた。通りの先に目をやると、遊び人ふうの男がふたり、何やら話しながら、こちらに歩いてくる。

ふたりは長屋の路地木戸に近付くと、路傍に足を止めた。そして、辺りに目をやった後、通り沿いにあった仕舞屋《しもたや》の脇に身を寄せた。その家は、以前一膳めし屋をやっていたが、数年前に店をしめて空家になっていた。店の親爺が病で亡くなり、店を継ぐ倅《せがれ》が、まだ十二、三歳の子供だったため、同じ一膳めし屋をやっている松井町《まついちよう》の親戚の許で暮らしていた。松井町は竪川の対岸に広がっている町で、橋を渡ればすぐである。

いっときすると、ふたりは踵《きびす》を返し、来た道を引き返していった。どうやら、ふたりは長屋の様子を探りにきたらしい。

ふたりは半町ほど歩くと、道沿いにあった仕舞屋の脇に身を隠した。長屋の方に、目をむけている。

「旦那、あそこで、長屋を見張るつもりですぜ」

孫六が言った。

「長屋から、話の聞けそうな者が出てくるのを待っているのかもしれん」

「どうしやす」

孫六が訊いた。

「しばらく、様子を見よう」

源九郎は、長屋の様子を探っていることがはっきりしてから、ふたりを捕らえて話を訊いてみようと思った。

それからいっときすると、長屋の路地木戸から年配の女房がふたり、通りに出てきた。ふたりは何やら話しながら、ふたりの男が身を隠している仕舞屋の方に近付いていく。

そのとき、仕舞屋の陰から男がひとりだけ出て、ふたりの女に声をかけた。そして、男はふたりの女と何やら話しながら、歩きだした。

男はふたりの女と話しながら半町ほど歩くと、路傍に足を止めた。そして、ふたりの女が離れると、男は踵を返して、身を隠していた仕舞屋の方にもどってきた。

「やはり、長屋の様子を探っているようだ」

源九郎が言った。

「ふたりを捕らえやすか」

孫六が訊いた。

「そうだな。……孫六、長屋にいる菅井と安田に会ってな、長屋の脇の空地を通って、ふたりが身を隠している家の先に出るように話してくれ。わしらと挟み撃ちにするのだ」

源九郎が、孫六に話した。

はぐれ長屋の脇には空地があり、その場で子供たちが遊んだり、剣術の稽古などをすることがあった。その空地から、長屋の路地木戸の前の通りに出られるのだ。

「承知しやした」

孫六はその場を離れ、路地木戸にむかった。

いっときすると、孫六がもどってきた。

「菅井の旦那と安田の旦那に話しやした。ふたりは、空地にいやしたぜ」

孫六が言った。

四

孫六は、下駄屋の脇から身を乗り出すようにして通りの先に目をやっていたが、

「旦那、菅井の旦那と安田の旦那が、来やした！」

と、昂った声で言った。

源九郎が通りの先に目をやると、菅井と安田の姿が見えた。ふたりは男たちが身を潜めている仕舞屋の先に出て、こちらへ歩いてくる。

「孫六、わしらも行くぞ」

源九郎は孫六に声をかけ、通りに出た。そして、ふたりの男が身を潜めている

方へむかった。挟み撃ちにするのだ。

菅井と安田も、身をひそめている男たちに近付いていく。

仕舞屋の陰にいるふたりの男は何やら話していたが、近付いてくる源九郎と孫六を見て、気付かれたと思ったらしく、慌てて通りに出た。

「孫六、行くぞ！」

源九郎は走りだした。孫六がつづく。

通りに出たふたりの男も、走りだした。源九郎たちから逃げるつもりらしい。だが、その足がすぐに止まった。前方から足早に近付いてくる菅井と安田の姿を目にしたようだ。

ふたりの男は、足を止めたまま周囲に目をやった。逃げ道を探しているらしい。だが、道の両側には店や仕舞屋などが並んでいて、逃げ込むような場所はなかった。

前方から、菅井と安田。背後から源九郎と孫六が、ふたりの男に迫っていく。

「ちくしょう！」

浅黒い顔をした男が叫びざま、懐から匕首《あいくち》を取り出した。

もうひとりの瘦身の男も、匕首を手にして身構えた。

そこへ、前方から菅井と安田、背後から源九郎と孫六が近付いた。孫六は、この場を源九郎に任せる気らしく、すこし引いている。

源九郎はふたりの男に近付くと、刀を抜いて峰に返した。峰打ちにして、生きたまま捕らえ、話を訊くつもりだった。

「殺してやる!」

浅黒い顔をした男が、匕首を顎《あご》の下に構え、踏み込んできた。

そして、源九郎に迫り、「死ね!」と叫びざま、手にした匕首を突き出した。

源九郎は右に体《たい》を寄せざま、刀身を横に払った。一瞬の太刀捌《たちさば》きである。

男の匕首は源九郎の左袖をかすめて空を切り、源九郎の刀身は男の腹を強打した。

男は手にした匕首を取り落とし、呻《うめ》き声を上げてよろめいたが、足が止まると、その場にへたり込んだ。

「動くんじゃァねえ!」

孫六が男の背後にまわり、両腕を後ろにとって縄をかけ始めた。孫六は岡っ引きだっただけあって、手際がいい。

この間に、安田がもうひとりの男を峰打ちで仕留めていた。菅井は刀を抜かなかった。居合を遣うので、峰打ちにするのはむずかしいのだ。

もうひとりの男は、菅井が後ろ手にとって縛った。

「どうしやす」

孫六が訊いた。

「この場だと、人目を引く。長屋に連れていこう」

源九郎がそう言って、捕らえたふたりを長屋に連れていった。

長屋の男たちは仕事に出かけていて姿を見掛けなかったが、子供と女房連中が集まってきた。源九郎たちが捕らえた男を連れてきたのを目にしたらしい。

源九郎は、長屋の脇の空地へふたりを連れて行こうとしたが、子供たちと何人かの女房がついてきたので、

「菅井の家を借りてもいいか」

と、菅井に訊いた。長屋の住人たちの前で、尋問するわけにはいかない。

「使ってくれ」

すぐに、菅井が言った。

源九郎たちは、捕らえたふたりを菅井の家に連れていった。源九郎、菅井、安田、孫六の四人は、そのまま菅井の家の座敷に上がった。

源九郎は浅黒い顔をした男の前に立ち、

「おまえの名は」

と、訊いた。源九郎は、その男が年上で、兄貴格とみたのだ。

「……………」

男は口を結んだまま、顔をしかめた。名乗る気はないらしい。

「わしは手荒なことが嫌いだが、名も口にしないようでは、仕方ないな」

そう言って、源九郎は腰の小刀を抜くと、切っ先を男の頬につけた。

「斬るぞ！」

源九郎はそう言って、小刀をゆっくりと引いた。

ヒイッ、と男は悲鳴を上げて、首をすくめた。男の頬が縦に斬られ、血が赤い筋になって流れた。

「次は、額を斬る。話す気になるまで、顔を切り刻んでな。それでも話さなければ、諦めて首を落とす」

源九郎は静かだが重い響きのある声で言い、男の額に切っ先を当てた。そして、小刀を横に引こうとした。そのとき、男が、

「話す、話すから、やめてくれ！」

と、悲鳴のような声で言った。

「斬るのは、やめるか」

そう言って、源九郎は手にした小刀を鞘に納め、

「おまえの名は」

と、同じことを訊いた。

「や、八助《やすけ》でさァ」

男が声をつまらせながら名乗った。

「八助か。……初めから、名乗っていれば、痛い思いをせずに済んだのに」

源九郎はそう言った後、

「お前たちふたりは、長屋を見張っていたのか」

と、八助ともうひとりの男に目をやって訊いた。

「そうで……」

八助が小声で答えた。もうひとりの男は、首をすくめるようにうなずいた。

「わしらのことを探っていたのではないか」

源九郎が訊いた。

「それもありやす」

「他には」

「おゆきでさァ。……おゆきが長屋から出てきたら、ふたりで捕まえるつもりで、見張ってやした」

「おゆきを捕まえて、どうするつもりなのだ」

源九郎が、八助を見すえて訊いた。

「権蔵親分が、おゆきを気に入ってやしてね。詳しいことは知らねえが、情婦《いろ》にするつもりかもしれねえ」

八助は薄笑いを浮かべて言ったが、すぐに笑いを消した。自分が、捕らえられていることを自覚したのだろう。

「ところで、権蔵はどこにいるのだ」

源九郎が、声をあらためて訊いた。

「柳橋《やなぎばし》の料理屋と聞いてやす」

「柳橋のどの辺りだ」

源九郎が訊いた。柳橋は神田川《かんだがわ》にかかる橋の名だが、両国方面から橋を渡った先の地は、単に柳橋とも呼ばれ、料理屋や料理茶屋、それに遊女のいる店が多いことでも知られていた。

「あっしは行ったことがねえんで、詳しいことは知らねえんでさァ」

八助はそう言った後、脇にいた仲間に、

「宗吉《そうきち》、おめえ知ってるかい」

と、脇にいた仲間に訊いた。宗吉という名らしい。

「神田川沿いの道の近くにあると聞きやした」

すぐに、宗吉が言った。ふたりとも、隠す気はないらしい。

「神田川沿いな」

源九郎は、柳橋に出かけて探れば、権蔵のいる店は知れるのではないか、と思った。

「何かあったら、訊いてくれ」

源九郎は、その場にいた菅井と安田に目をやって言った。

五

「権蔵の子分たちは、権蔵のいる柳橋の料理屋に出入りしているのか」

菅井が、八助に訊いた。

「兄貴分の何人かは、出入りしてやすが、あっしらのような下っ端は、勝手に出入りできねえんでさァ」

八助が言うと、宗吉がうなずいた。

「権蔵の子分には、武士がいるな」

「ふたりいやすが、ふたりとも、子分じゃァねえんで」

八助が言った。

「子分ではないのか」

菅井が念を押すように訊いた。

「子分とあまり変らねえが、客分なんでさァ」

八助が言った。

「客分な。……それで、ふたりの名は」

「名は稲葉《いなば》恭之助《きようのすけ》と長瀬《ながせ》勝蔵《かつぞう》でさァ」

八助は、ふたりの名を呼び捨てにした。接触する機会がなく、関わりのない武士のように思っているのだろう。

「稲葉と長瀬な」

菅井は、源九郎と安田に目をやり、「聞いた覚えがあるか」と訊いた。

「ない」

源九郎が言うと、安田もうなずいた。

「それで、稲葉と長瀬は、ふだんはどこにいるのだ」

さらに、菅井が訊いた。

「親分のところに、いるようで」

八助によると、稲葉と長瀬は客分なので、料理屋の裏手にある離れにいることが多いそうだ。また、親分の権蔵も店にいることはすくなく、ふだん寝泊まりするのは、離れだという。

「それで、店の名は」

菅井が声をあらためて訊いた。

「長濱屋《ながはまや》でさァ」

八助が、店の名を口にした。

「知ってるか」

菅井が、源九郎と安田に目をやって訊くと、

「名は聞いた覚えがあるが、店に入ったことはない」

安田が言った。

「わしは、名も知らぬ」

源九郎は、渋い顔をして首を横に振った。

すぐに、安田が、

「長濱屋の女将《おかみ》だがな。親分の権蔵の情婦《いろ》ではないのか」

と、八助と宗吉に目をやって訊いた。

「そうかもしれねえ」

八助が言うと、つづいて宗吉が、

「長濱屋の女将は、親分の情婦だと聞いたことがありやす」

と、身を乗り出して言った。

「権蔵は女将と、離れで寝泊まりしているのだな」

安田が、念を押すように言った。

つづいて八助と宗吉に話を訊く者がなく、座敷が静まったとき、

「あっしらの知っていることは、みんな話しやした。これに懲《こ》りて足を洗いやすから、あっしらを帰《けえ》してくだせえ」

八助が、その場にいた源九郎たちに目をやって言った。

「あっしらは、親分とも縁を切りやす」

さらに、宗吉が言って、座敷にいた源九郎たちに頭を下げた。

「ところで、宗吉と八助の塒《ねぐら》は、どこにあるのだ」

源九郎が訊いた。

「あっしらは、浅草《あさくさ》御門の近くの茅町《かやちよう》一丁目にある長屋に住んでやす」

八助によると、二人は屋根葺《ふ》きの職人だったが、博奕《ばくち》好きで、権蔵の賭場で遊ぶようになり、屋根葺きをやめてしまったという。そして、賭場に出入りしているとき、権蔵の子分と知り合い、八助と宗吉も子分になったそうだ。

「茅町の長屋に、帰るのか」

源九郎が、念を押すように訊いた。

「そうでさァ」

「ふたりとも、死にたいのか」

源九郎が、八助と宗吉を見つめて言った。

八助が驚いたような顔をし、

「し、死にたくねえ」

と、声を震わせて言った。

宗吉は、青褪《あおざ》めた顔をして源九郎を見つめている。

「おまえたちふたりは、ここを出た後、親分のところに顔を出し、わしらに捕らえられたことを話すのか」

「は、話せねえ」

八助が、声を震わせて、

「あっしらが親分のことを話したと知れれば、生きちゃァいられねえ」

と、言い添えた。

宗吉も、脇から「旦那たちに捕まったことは、喋《しゃべ》れねえ」と口を挟んだ。

「そうだろうな。おまえたちふたりが、親分の権蔵や子分たちのことをわしらに喋ったと、仲間に知れれば、生きてはいられまい。……権蔵は、わしらに捕らえられたおまえたちが、無事に帰ってきたことを知れば、どうみる。権蔵や子分たちのことを喋ったから、逃がしてくれたとみるだろうな」

源九郎が言った。

「そうかも、知れねえ」

八助が言うと、宗吉もうなずいた。

「しばらく、身を隠すところがあるか」

源九郎が、声をあらためて訊いた。

いっとき、宗吉と八助は口をつぐんでいたが、

「本郷《ほんごう》に、あっしの親がいやす。屋根葺きをやってるんで、仕事を手伝わせてもらいやす」

と、宗吉が言った。

「あっしの親は、花川戸町《はなかわどちょう》で船頭をやってやすが、あっしが悪さをしたんで、追い出されたんでさァ。それで、家には帰れねえんで……」

そう言って、八助が首をすくめた。

すると、脇にいた宗吉が、

「八助、今でも屋根葺きの仕事をする気があるかい。あれば、親爺に話してやってもいいぜ」

と、八助に訊いた。

「宗吉、頼む。遊んでいるわけにはいかねえ」

八助が身を乗り出して言った。

「そういうことなら、ふたりを逃がしてやろう」

源九郎が、ふたりに目をやってうなずいた。

六

源九郎たちは、八助と宗吉を逃がしてやった後、それぞれの家にもどることにした。

源九郎は菅井とふたりになると、

「家に帰って、おゆきの様子を見てくる」

そう言って、腰を上げた。

源九郎は、ここ二日ほど、おゆきが暮らしている自分の家に顔を出していなかったのだ。

「俺もいく。独りでは将棋も指せんし、暇の潰しようがないからな」

すぐに、菅井が立ち上がった。

源九郎と菅井は、おゆきのいる源九郎の家にむかった。同じ長屋なので、源九郎の家まですぐである。

源九郎たちが、おゆきのいる家の腰高障子の前に立つと、土間で水を使う音がした。おゆきは、流し場にいるらしい。

「おゆき、華町だ。入るぞ」

源九郎が声をかけてから、腰高障子をあけた。

敷居を跨《また》いで、土間に入ると、土間の隅の流し場におゆきの姿があった。おゆきは、流し場で湯飲みを洗っていた。昼飯の片付けか、夕餉《ゆうげ》の仕度をしていたのか——。

「華町さま、菅井さま、いらっしゃい」

おゆきはそう言って、濡れた手で襷《たすき》をとった。

「洗い物か」

源九郎が訊いた。

「はい、夕餉の仕度をしようかと思って……」

おゆきが、恥ずかしそうに頬を赤らめて言った。

「そうか。おゆきに訊きたいことがあってな。邪魔をしてもいいかな」

源九郎が、笑みを浮かべて言った。

「邪魔だなんて。……ここは、華町さまの家です。邪魔をしているのはわたしですから」

おゆきが、襷を取りながら言った。

源九郎は菅井と座敷に上がると、隅の方に腰を下ろした。しばらく留守にしたせいか、他人の家のような気がした。

おゆきも座敷に上がり、源九郎たちとはすこし間をとって座った。

「実は、権蔵の子分が、長屋を探りにきたのだ」

源九郎が言った。

「……！」

おゆきの顔から、笑みが消えた。

「心配するな。子分たちは、わしらが追い払った。それに、ふたり捕まえてな。話を訊いたのだ。だいぶ、様子が知れたぞ」

源九郎はそう言った後、おゆきが心配しないように、権蔵が柳橋にいるらしいことを話してから、

「心配するな。子分たちが長屋を探りにきても、ここに入って来る前に、みんなで追い払うから」

と、言い添えた。

すると、脇にいた菅井が、

「おれと華町は、いつでも長屋にいる。それに、長屋には腕の立つ仲間が何人もいるのだ。おゆきに手出しはさせないから安心していい」

と、話した。

「有り難うございます。華町さまや菅井さまの御陰で、権蔵に連れていかれて恐ろしい思いをせずに、長屋で楽しく暮らせます」

おゆきが、涙声で言った。

「おゆき、何かあったら、前の家に住むお熊や長屋の女たちに話すといい。みんな、自分の家族と思って、おゆきのために動いてくれるはずだ」

「は、はい……」

おゆきの顔が歪《ゆが》み、目から涙が溢れ出て頰をつたった。

源九郎はいっとき黙したまま座っていたが、

「おゆき、訊きたいことがあるのだがな」

と、声をあらためて言った。

おゆきは、涙を手の甲で拭いながら、

「何でしょうか」

と、源九郎に顔をむけて訊いた。

「柳橋にある長濱屋のことを聞いたことがあるか」

「あります」

すぐに、おゆきが言った。

「権蔵は子分たちに指示して、おゆきをそこに連れて行こうとしたのではないか」

源九郎が訊くと、おゆきはいっとき口をつぐんで虚空に目をむけていたが、

「一度、子分たちが、柳橋に連れていく、と言って、わたしを小鈴から連れ出そうとしたことがあります」

そう言って、源九郎に目をむけた。

「やはり、そうか」

源九郎は、権蔵がおゆきを柳橋に連れていって、自分の情婦としてそばにおこうとしているとみた。

……そんなことはさせない。

源九郎は、強く思った。

次に口をひらく者がなく、座敷が重苦しい沈黙に包まれたとき、

「おゆき、これから夕めしの仕度をするのか」

と、菅井が訊いた。

「そ、そうです」

おゆきが、恥ずかしそうな顔をした。

「それなら、湯を沸かして茶を淹《い》れてくれ」

菅井が言った。

「は、はい……」

おゆきが、戸惑うような顔をして菅井を見た。夕飯の仕度は、どうすればいいのか迷ったのだ。

「陽が沈むころ、おれが三人分の握りめしをここに持ってくる。おれと華町、それに、おゆきの三人で、ここで握りめしを食おう」

菅井が、身を乗り出すようにして言った。

そばで、菅井の話を聞いていた源九郎は、

……菅井のやつ、握りめしを食いながら将棋を指す気だな。

と、胸の内でつぶやいた。

近ごろ、菅井は源九郎と一緒に寝起きしているのに、将棋を指してないので、いい機会と思ったようだ。

「はい、湯を沸かして、待ってます」

おゆきが、顔をほころばせて言った。おゆきは、独りだけで食べることが多かったので、三人で一緒に食べると聞いて嬉しかったようだ。

七

「華町、どうする、柳橋に行ってみるか」

菅井が、源九郎に声をかけた。

源九郎と菅井が、おゆきと一緒に夕飯を食べた翌朝だった。ふたりは菅井の家で炊いた飯を食べた後、やることもなく、座敷で茶を飲んでいたのだ。

「そうだな。柳橋に行って、長濱屋だけでも見ておくか」

源九郎は、八助と宗吉から、権蔵が長濱屋の裏手の離れにいることを聞いていた。それで、見るだけでもしておきたいと思っていたのだ。

「将棋は、柳橋から帰ってからだな」

菅井は、そう言って腰を上げた。

源九郎と菅井が、座敷から土間へ下りようとしたときだった。

戸口に走り寄る足音がし、

「菅井の旦那、華町の旦那、いやすか！」

と、孫六の昂った声がした。

「いるぞ！」

菅井が応えた。

すぐに、腰高障子があいて孫六が顔を出した。

「た、大変だ！」

孫六が、菅井と源九郎の顔を見るなり声を上げた。

「どうした、孫六」

源九郎が訊いた。

「長屋の房吉《ふさきち》が、怪我をしやした」

孫六が、声高に言った。房吉はまだ若く、竪川沿いにある酒屋で奉公していた。大きな店で、奉公人が何人かいる。

「怪我をしただと」

源九郎が聞き返した。怪我の程度にもよるが、自分の過失による怪我なら大騒ぎするほどのことではない。

「それが、長屋の前の通りで、襲われたらしいんでさァ」

「なに、襲われただと！」

房吉は、権蔵の子分に、襲われたのではないか、と源九郎は思った。

「仕事に行く途中、やられたらしいんで」

「それで、房吉はどこにいる」

「まだ、通りにいやす」

「行ってみよう」

源九郎は、すぐに土間から外に出た。

菅井も、源九郎の後につづいた。

孫六、源九郎、菅井の三人が、長屋の路地木戸のそばまで行ったとき、ちょうど路地木戸を出ようとしていた安田を目にした。安田も、房吉が何者かに襲われて怪我をしたことを耳にしたのだろう。

源九郎たちが、安田に追いつくと、

「この先らしい」

安田が言い、路地木戸の前の道を竪川の方にむかった。源九郎たち三人は、安田につづいた。

一町ほど行くと、「あそこだ！」と安田が声を上げ、通りの先を指差した。通りに、人だかりができていた。長屋の住人が多いようだ。女房連中や子供の姿もあった。話を聞いて、長屋から駆け付けたのだろう。

源九郎たちが人だかりに近付くと、何人かが身を引いて前をあけてくれた。房吉が、地面にへたり込んでいた。苦しげに顔をしかめている。左肩から胸にかけて小袖が裂け、血に染まっていた。

源九郎はすぐに房吉のそばに行き、傷口を見た。肩から胸にかけて肌が裂け、血が流れ出ている。

……深手ではない。

と、源九郎はみた。

出血は、それほど多くなかった。肌を浅く斬り裂かれただけだろう。出血さえ押さえれば、命にかかわるような傷ではない。

房吉は何者かにいきなり斬られ、流れ出た血を見て驚き、我を失って、この場にへたり込んだのだろう。

「房吉、死ぬような傷ではないぞ」

源九郎はそう声をかけた後、その場に集まっている長屋の住人たちに、

「傷口を押さえる。汚れていない手拭いを持ってたら貸してくれ」

と、声をかけた。

すると、まわりを取り囲んでいた長屋の住人たちのなかから、ひとり、ふたり

と手拭いを源九郎に手渡してくれるものがいた。

源九郎は菅井、孫六、安田の三人に手伝ってもらい、新しい手拭いを選んで折り畳んだ。そして、傷口に当てた。さらに、他の手拭いを切り裂いて包帯のようにし、幾重にも重ねて縛った。

「房吉、これで、死ぬようなことはないぞ」

源九郎が言った。

「た、助かりやした！　華町の旦那たちの御陰です」

房吉が、声高に言うと、人だかりのあちこちから、「よかった！」「医者並みだぜ」「手際がいいや」などという声が聞こえた。

「房吉、立ってみろ」

源九郎が声をかけた。

すると、房吉は胸の辺りを手で押さえて立ち上がった。

「歩けるか」

「歩けやす」

「長屋に帰るか」

そう言って、源九郎が房吉の後ろから、ゆっくりと歩きだした。

菅井たちが源九郎につづき、さらに集まった長屋の連中もぞろぞろと後からついてきた。

「房吉、だれに襲われたのだ」

歩きながら、源九郎が訊いた。

「遊び人のような男が三人……。華町の旦那たちの居所を訊いたんで、知らねえと言うと、いきなり、匕首で切りつけてきたんでさァ」

房吉が、悔しそうに顔をしかめて言った。

「そうか。災難だったな」

源九郎は胸の内で、権蔵の子分たちだな、とつぶやいた。そして、何か手を打たないと、権蔵の子分たちは、これからも長屋の住人に手を出すかもしれない、と思った。

その夜、菅井の家に、七人の男が集まった。はぐれ長屋の用心棒と呼ばれる男たちである。

源九郎は長屋に住む房吉が、権蔵の子分に襲われて怪我をしたことを話し、

「長屋の者にまで、手を出したのだ。このままにしておけないぞ」

と、集まった男たちに言った。

「厄介な相手だ」

安田が、顔をしかめた。

「そうかといって、権蔵から手を引くわけにはいかねえ」

孫六が言った。

次に口をひらく者がなく、座敷が重苦しい沈黙につつまれたとき、

「おれたちが、先手をとるしかないな」

菅井が言うと、男たちの目が菅井に集まった。

「菅井、何か手があるのか」

源九郎が訊いた。

「親分の権蔵を狙うのだ」

「長濱屋の離れにいる権蔵を襲うのか。長濱屋には子分たちだけでなく、武士がふたりいるぞ」

源九郎は、下手に長濱屋に手を出すと、返り討ちに遭《あ》うとみた。

「なに、手はある。先に用心棒の武士を斬ってもいいし、長濱屋を見張って、権蔵が店から出たところを襲ってもいい」

菅井が言った。

「うむ……」

源九郎は、菅井の口にしたやり方はむずかしいと思ったが、

「おれたちが、手をこまねいていれば、向こうの思う壺だ。ともかく、長濱屋を見張って、できることをやろう。……店から姿を見せた子分たちを襲ってもいい」

そう言って、集まった男たちに目をやった。

「おれたちが、先手をとるのだな」

菅井が声高に言った。

「そうだ」

「やりやしょう」

孫六が、その場に集まった男たちに目をやって言った。

第三章　反撃

一

　源九郎、菅井、孫六、平太の四人は、四ツ（午前十時）ごろ、伝兵衛店を出た。むかった先は、柳橋である。権蔵の隠れ家でもある料理屋の長濱屋を探りに行くつもりだった。一方、安田、茂次、三太郎の三人は、長屋に残ることになった。権蔵の子分たちが、長屋に住んでいるおゆきに手を出す恐れがあったからだ。

　源九郎たち四人は長屋から竪川沿いの道に出ると、大川の方に足をむけた。柳橋は大川にかかる両国橋を渡った先にある。

　源九郎たちは両国橋を渡って賑やかな両国広小路に出ると、いっとき広小路を西にむかって歩いてから、右手に足をむけた。

前方に、神田川にかかる柳橋が見えた。柳橋を渡った先の地域も、柳橋と呼ばれることが多い。

源九郎たちは柳橋を渡ると、橋のたもとを過ぎたところで足を止めた。まず、権蔵たちの隠れ家にもなっている料理屋の長濱屋を探すつもりだった。

橋のたもとを行き交う人は町人が多かったが、武士の姿もあった。柳橋は料理屋や料理茶屋などが多いことで知られた地だったが、武士のなかにも贔屓《ひいき》にしている店に来る者がいるらしい。旗本や御家人のなかには役柄によって、衣類や他の物品の調達などのために商家の主人と相談をする者もいるのだ。

「土地の者に、訊《き》いてみやすか」

孫六がそう言って、神田川沿いにあった一膳めし屋に足をむけた。

孫六は一膳めし屋に入り、店の者と話しているようだったが、すぐに店から出てきた。そして、源九郎たちのそばにもどると、

「長濱屋が、知れやしたぜ」

すぐに、源九郎たちに言った。

「ここから遠いのか」

源九郎が訊いた。

「いや、神田川沿いの道をいっとき歩くと、道沿いにあるそうでさァ。二階建ての大きな店なので、行けば分かるそうで」

「行ってみよう」

源九郎たちは、川沿いの道を西にむかって歩いた。

道沿いには、料理屋や小料理屋などの飲み食いできる店が目についた。行き交う人の姿も多かった。川沿いの道は浅草橋のたもとに出るので、浅草橋を渡ってくる者もいるようだ。

川沿いの道をしばらく歩くと、孫六が足を止め、

「あの店かもしれねえ」

と言って、道沿いにある二階建ての店を指差した。

通り沿いでは、目を引く大きな料理屋だった。すでに、客がいるらしく、二階の座敷から嬌声《きようせい》や男の談笑の声などが聞こえてきた。

「裏手に、離れがあるようですぜ」

平太が言った。

見ると、通りに面した店の裏手に、離れらしい建物があった。離れも二階建て

らしいが、道沿いにある他の店の陰になって、建物の一部しか見えない。

「近付いてみよう」

源九郎たちはそれぞれ通行人を装って、店の前に近付いた。

店の入口の掛け看板に、「御料理　長濱屋」と書いてあった。

源九郎たちは店の前ですこし歩調を緩めたが、足を止めなかった。通り過ぎるときに、店の脇から裏手の離れを見た。二階建ての瀟洒《しようしや》な建物である。店のまわりには、松や紅葉《もみじ》などの庭木が植えてあった。おそらく、特別な上客だけを入れるために造られたものだろう。いまは、その離れが、頭目である権蔵の塒《ねぐら》になっているにちがいない。

源九郎たちは、そのまま一町ほど歩いたところで、路傍に足を止めた。

源九郎は菅井たち三人が集まるのを待って、

「店の裏手にあるのが、離れのようだ」

と、指差して言った。

「権蔵はいやすかね」

孫六が、長濱屋を振り返りながら言った。

「いるだろうな」

源九郎ははっきりしなかったので、曖昧《あいまい》な言い方をした。

「権蔵の用心棒も、一緒ですか」

脇から、平太が口を挟んだ。

「どうかな。……長濱屋に出入りしている者に訊いてみるか」

源九郎は、用心棒の武士だけでなく、子分たちのことも知りたかった。子分が、何人ぐらい出入りしているのか分かれば、今後打つ手を考えるときに参考になるはずだ。

源九郎たちは川沿いに植えてあった柳の樹陰にまわり、長濱屋から話の聞けそうな者が出てくるのを待った。

源九郎たちがその場に身を隠して、小半刻（三十分）も経ったろうか。長濱屋の出入り口ではなく、店の脇から遊び人ふうの男がひとり姿を見せた。どうやら、そこに裏手の離れに行き来する小径《こみち》があるらしい。

男は神田川沿いの通りに出ると、都合よく、源九郎たちのいる方に足をむけた。

「あいつに、訊いてみやしょう」

孫六が言った。

「頼む」

源九郎は、年寄りで町人の孫六なら、男に警戒されずに話が訊けるだろうと思った。

源九郎たちは男に気付かれないように樹陰に身を寄せて、男が通り過ぎるのを待った。男の後ろ姿が遠ざかったところで、

「訊いてきやす」

と、言い残し、孫六が樹陰から通りに出た。

孫六は足が悪いこともあって走るのは苦手だが、それでも足を速めて男に追いついた。

「す、すまねえ！」

孫六が、男の後ろから声をかけた。

男は足を止めて振り返り、

「とっつァん、おれのことかい」

と、口許に薄笑いを浮かべて訊いた。年寄りが、喘《あえ》ぎながら近付いてきたからだろう。

「き、訊きてえことが、ある」

孫六が、息を弾ませて言った。

「何を訊きてえ」

「てえしたことじゃァねえんだ。いま、兄いは長濱屋の裏手から出てきやしたね」

「ああ、出てきたよ。それが、どうしたい」

「裏手には、長濱屋の離れがあって、色っぽい女が酌をしてくれると聞いたことがありやしてね。あっしも、一度でいいから、裏手の離れで一杯やりてえと思ってるんでさァ」

孫六が、男に身を寄せて言った。

「とっつァん。よしな、よしな。……裏手は、とっつァんのような客は入れねえぜ。それにな、ちかごろは、客を入れねえ日が多いのよ」

男が声をひそめて言った。

「どうして、客を入れねえんだい」

「客より大事なお方が、寝泊まりしてるからよ」

男は、それだけ口にすると、すこし足を速めた。

「大事なお方ってえのは、だれだい」

さらに、孫六が訊いた。

「知らねえよ」

男は素っ気なく言うと、さらに足を速め、

「とっつァん、裏手には近付かねえ方がいいぜ。二本差しもいるからな。下手をすると、生きちゃァ帰《けえ》れねえ」

と、言い残し、足早に孫六から離れて行った。

孫六は路傍に足を止めて、男が遠ざかるのを待ってから、源九郎たちのいる場にもどってきた。

二

源九郎は孫六がそばに来ると、

「何か知れたか」

と、すぐに訊いた。その場にいた菅井と平太も、孫六に目をやっている。

「裏手には、やはり親分の権蔵が寝泊まりしているようでさァ」

そう言って、孫六は男から聞いたことを一通り話した。

「用心棒の武士も一緒か」

源九郎が、顔を厳しくして訊いた。

「一緒のようで」

「そうか。迂闊《うかつ》に踏み込めないということだな」

源九郎が、つぶやくような声で言った。

「どうする」

菅井が、源九郎に訊いた。

「せっかく、ここまで来たのだ。何もしないで、帰る手はないな」

源九郎が言うと、

「どうだ、しばらく長濱屋を見張って、権蔵が出て来るのを待つか。うまくすれば、権蔵を討てるかもしれんぞ」

菅井が、その場にいた男たちに目をやった。

「そうするか。権蔵でなくとも、用心棒の武士が出てくれれば、討ち取る機会があるかもしれない」

源九郎は、せっかく柳橋まで来たので、長濱屋を見張ってみようと思った。

源九郎たちは、柳の樹陰に身を隠した。

それから一刻（二時間）近くも、樹陰に身を隠して権蔵や用心棒の武士が出てくるのを待ったが、姿を見せなかった。長濱屋の裏手の離れから、子分らしい男がひとり出てきただけである。

「どうする」

菅井が、源九郎に訊いた。

「今日のところは、諦めるか」

源九郎は、明日、出直そうと思った。源九郎は、権蔵が裏手の離れに籠《こも》ったままでいるとは思えなかった。権蔵だけではない。用心棒の武士も、かならず離れから出てくるはずだ。

「そうするか」

菅井が言った。

源九郎たちは来た道を引き返し、伝兵衛店にもどった。そして、いったん菅井の家に腰を下ろした。

源九郎がお茶代わりに湯飲みで水を飲んでいるとき、腰高障子の向こうで慌ただしそうな足音が聞こえた。ふたりらしい。

足音は腰高障子の向こうでとまり、

「菅井の旦那、帰《けえ》ってきたんですかい」

と、茂次の声が聞こえた。ひどく慌てているようだ。

「みんな、いるぞ。入ってくれ」

菅井が声をかけた。

すぐに、腰高障子があいて、茂次と安田が土間に入ってきた。ふたりとも、慌てているようだ。

「どうした」

源九郎が、茂次と安田に目をやって訊いた。

「だ、旦那たちが長屋を出た後、長屋に、何人もの男が踏み込んできたんでさァ」

茂次が声をつまらせて言うと、

「おそらく、権蔵の子分たちだ。七、八人いたな。子分たちは長屋の者から、華町たちが出かけたことと、おゆきを匿《かくま》っていることを聞いたようだ。それで、長屋に踏み込んできたらしい」

安田がつづけた。

「それで、おゆきは、どうした！」

思わず、源九郎は腰を上げた。おゆきがひとりでいるところに、踏み込まれたら、どうにもならないだろう。

「おれたちは、すぐに、おゆきのいる家に行ったのだ。……何とか、間に合ったよ」

安田と茂次が話したことによると、安田がおゆきのいる家の戸口で、近付いてきた子分たちにいきなり斬りつけ、ふたりに手傷を負わせたという。子分たちが警戒して戸口から離れたとき、集まっていた長屋の女房や子供たちが、遠くから子分たちにむかって石を投げたそうだ。

「それで、おれたちは怪我もせずに済んだのだ」

安田の顔には、ほっとした表情があった。

「無事で、よかった。それにしても、迂闊に長屋も出られんな」

源九郎が、そばにいた菅井に目をやって言った。

「権蔵たちは、おゆきが暮らしている長屋の家まで知ったようだ。このまま手を引くとは思えん。また、来るぞ」

菅井が顔を厳しくして言った。

「そうみていいな」

源九郎は、今後も権蔵の子分たちが長屋に踏み込んできて、おゆきを連れ去ろうとするだろうと思った。

「おゆきの住む家を替えるか。おれたちが華町の家に住み、おゆきにこの家に住んでもらってもいいぞ」

菅井が、源九郎に目をやって言った。

「それも手だが、長屋の者に訊けば、すぐに知れるぞ」

源九郎は、権蔵の子分たちが踏み込んできても、追い返せるだけの戦力が長屋に残っていなければ、おゆきを守ることはできないとみた。

「どうだ、菅井にも長屋に残ってもらうか」

源九郎が、菅井に目をやって言った。

「華町ひとりで、柳橋に探りに行くのか」

菅井が訊いた。

「権蔵の居所は、分かっている。とりあえず、権蔵の動きを探るだけだ」

源九郎は、権蔵が長濱屋の裏手にある離れを出るときを知りたかった。権蔵を討ち取るには、用心棒の武士や子分たちが権蔵のそばから離れて、守りが少なくなったときに襲うしかないとみていたのだ。

「いいだろう、おれは長屋に残る」

菅井が言った。

三

権蔵の子分たちが長屋に踏み込んできた翌日、午後になって、源九郎は孫六と平太だけを連れて柳橋にむかった。源九郎はそれと知れないように、小袖にたっつけ袴、草鞋《わらじ》履きで、網代笠《あじろがさ》をかぶった。旅装束の武士のように、身装《みなり》を変えたのだ。衣装は、安田と菅井に借りたものである。

一方、孫六と平太は手ぬぐいで頰っかむりして、顔を隠しただけだった。武士は目立つが、行き来する町人は多いので、気付かれる恐れはないだろう。

源九郎たちは柳橋を渡り、神田川沿いの道を浅草橋の方にむかった。いっとき歩くと、道沿いにある長濱屋が見えてきた。

源九郎たちは、路傍に足を止めた。店の様子を見てから、近付くつもりだった。

「あっしが、見てきやす」

孫六がその場を離れ、ひとりで長濱屋にむかった。

孫六は店の前まで行ってすこし歩調を緩めたが、そのまま通り過ぎ、すこし離れてから踵《きびす》を返した。

孫六は源九郎と平太のそばにもどって来ると、

「店をひらいてやす。昨日と変りませんや」

そう話した。

「裏手の離れの様子が分かるといいが。いま、裏手の離れに踏み込むわけにはいかないし……。やはり、話の聞けそうな者が出てくるのを待つしかないか」

源九郎、孫六、平太の三人は、昨日と同じように道沿いに植えられた柳の樹陰に身を隠した。

源九郎たちがその場に身を隠して、半刻（一時間）ほど過ぎたろうか。長濱屋の表の格子戸があいて、商家の旦那ふうの男がふたり、つづいて店の女将《おかみ》らしい年増《としま》が店から出てきた。ふたりの男は、長濱屋の客らしい。年増は、女将であろう。客を見送りにきたようだ。

ふたりの男は店の入口に立って、女将となにやら話していた。女将の「いやですよ、ふたりとも」という声が聞こえ、ふたりの男の笑い声がおこった。男が、何か卑猥《ひわい》なことでも口にしたようだ。

「女将、また来るよ」

ひとりの男が女将に声をかけ、ふたりは店先から離れた。

女将は店先に立って、ふたりの男を見送っていたが、ふたりの姿が遠ざかると、踵を返して店にもどってしまった。

「今度は、わしが訊いてくる」

源九郎はそう言い置き、足早にその場を離れた。

源九郎は、小走りにふたりの男を追った。そして、近くまで行くと走るのをやめて、ふたりの男に身を寄せた。

「しばし、しばし」

源九郎が、ふたりの男に声をかけた。

ふたりの男は、驚いたような顔をして振り返った。そして、年配の男が、

「てまえたちですか」

と、小声で訊いた。見ず知らずの武士が声をかけてきたので、人違いと思ったのかもしれない。

「そうだ、今、ふたりが長濱屋から出てきたのを見掛けてな。ちと、訊きたいことがあるのだ」

「何でしょうか」

年配の男が訊いた。

「ふたりの足を、止めさせたくないので、歩きながらでいい」

そう言って、源九郎はふたりの男と一緒に歩きながら、

「実は、長濱屋の裏手にある離れに、色っぽい女が何人かいて、客を楽しませてくれると聞いたのだがな」

源九郎は、適当な作り話を口にした。

「ちかごろ、裏手の離れに、客は入れないようですよ」

年配の男が、眉《まゆ》を寄せて言った。

「客を入れないのか」

源九郎が、驚いたような顔をして訊いた。

「そう聞いてます」

年配の男が言うと、酔って赤ら顔になった男が、

「それに、裏手には、近付かない方がいいですよ。親分さんが寝泊まりしているとか……」

と、眉を寄せて言った。

「親分ではあるまい」

源九郎が、信じられないといった顔をして首を傾《かし》げた。ふたりから話を訊き出すために、知らない振りをしたのである。

「手前たちが長濱屋に入るとき、何人もの男たちを見掛けたことがありますよ」

赤ら顔の男が、むきになって言った。

「親分を、見掛けたのか」

源九郎が訊いた。

「そのときは、親分ではなく、子分たちだけでした。長濱屋の脇から、遊び人ふうの男が何人も出てきました」

赤ら顔の男が言うと、年配の男が、

「てまえも見ました。男たちと一緒に、牢人ふうの武士もいましたよ。それも、ふたり」

「なに、遊び人ふうの男たちと一緒に、武士がふたりもいたのか」

思わず、源九郎の声が大きくなった。

「は、はい」

年配の男が、声をつまらせながら答えた。

「その男たちは、どちらへむかった」

源九郎が訊いた。

「柳橋の方へ、行きましたよ」

「……！」

源九郎は胸の内で、「伝兵衛店だ！」と声を上げた。

「こうしては、いられん」

源九郎は踵を返し、孫六と平太のいる場にむかった。

ふたりの男は驚いたような顔をして、その場に立って源九郎の後ろ姿を見ていたが、踵を返して歩きだした。

源九郎は孫六と平太のいる場にもどると、ふたりの男から聞いたことを掻《か》い摘《つ》まんで話し、

「権蔵の子分たちが、長屋を襲う気だぞ」

と、言い添えた。

「長屋に帰《けえ》りやしょう」

孫六がうわずった声で言った。

源九郎、孫六、平太の三人は、小走りに伝兵衛店にむかった。

四

源九郎たちが伝兵衛店にむかっているとき、菅井の家に茂次が飛び込んできた。

「大変だ！」

茂次は、菅井の顔を見るなり声を上げた。

「どうした、茂次」

菅井は座敷のなかほどで寝転がっていたが、慌てて身を起こした。

「長屋に踏み込んできやした！」

「だれが、踏み込んできたのだ」

菅井は、傍らに置いてあった刀を手にして立ち上がった。

「ならず者たちが……。二本差しも、ふたりいやす」

「権蔵の子分たちだな」

「そうで」

「安田に、おゆきの家に行くように知らせろ！」

「へ、へい！」

「それからな。三太郎とふたりで長屋をまわり、家にいる者たちを集めて、遠くから石を投げるんだ！」

菅井が、声高に言った。

「合点だ！」

茂次は戸口から飛び出した。

菅井は茂次につづいて家から出ると、おゆきのいる源九郎の家にむかった。

おゆきのいる家の前に、人の姿はなかったが、井戸端近くで大勢の足音がし、何人もの女と子供の悲鳴が聞こえた。足音は、踏み込んできた男たちらしい。

「おゆき、入るぞ！」

菅井は声をかけ、おゆきのいる家の腰高障子をあけて土間に飛び込んだ。

おゆきは土間の隅の洗い場で、何か洗っていた。いきなり戸口から飛び込んできた菅井を見て、

「す、菅井さま、何か……」

と、声をつまらせながら訊いた。

「ここに、権蔵の子分たちが踏み込んでくる。おゆき、身を隠せ！」

菅井が声高に言った。

「ど、どこへ、隠せば……」

おゆきは、家のなかに目をやり、戸惑うような顔をした。

「そこにある枕屏風《まくらびようぶ》の陰でいい」

座敷の隅に、古い枕屏風が押しつけてあった。

おゆきは座敷に上がり、枕屏風の陰にまわった。

「おゆき、何があっても、そこから出るな」

そう言い残し、菅井は外に出た。

菅井が腰高障子をしめて、戸口に立ったとき、安田の姿が見えた。安田は大刀を手にして走ってくる。

「ここだ！」

菅井が手を上げた。

安田は菅井のそばに走り寄るなり、

「権蔵一家の者たちが、踏み込んできたそうだな」

と、昂《たかぶ》った声で訊いた。

「見ろ！　来るぞ」

菅井が、長屋の井戸の方を指差した。

大勢の男たちが、こちらにむかって足早に歩いてくる。遊び人ふうの男が十人ほど、それに牢人体の武士がふたり――。

「権蔵一家の者たちか!」

安田が声を上げた。

「そうだ」

「ここに来るな」

「狙いは、おゆきとみていい」

菅井が、近付いてくる遊び人ふうの男たちに目をやって言った。

近付いてくる男たちのなかから、「あそこだ!」「二本差しが、ふたりいるぞ!」という声が聞こえた。

「来るぞ!」

菅井が腰に帯びた刀の柄《つか》に右手を添えた。

安田も刀の柄をつかんで抜刀体勢をとった。

「見ろ! 長屋の者たちだ」

菅井が声を上げた。

近付いてくる遊び人ふうの男たちとふたりの武士の後方に、大勢の人が集まっていた。女、子供、それに何人かの男の姿もあった。長屋の住人たちである。

「茂次と三太郎もいる」

安田が指差した。

長屋の住人たちのなかに、茂次と三太郎の姿があった。ふたりが長屋をまわって、家にいた住人たちを集めたらしい。

「おれたちは、やつらを家に入れないことだ」

菅井が脇にいる安田に言った。

遊び人ふうの男たちと牢人体の武士がふたり、足早に近付いてきた。そして、ふたりの武士が、菅井と安田の前に立った。

「そこをどけ！」

浅黒い顔をした牢人体の武士が言った。

「どかぬ」

菅井は浅黒い顔の武士と対峙《たいじ》し、居合の抜刀体勢をくずさない。

武士は二、三歩身を引き、

「おぬし、居合を遣うのか」

と言って、刀を抜いた。顔に戸惑うような表情が浮いた。おそらく、居合を遣う者と立ち合ったことがないのだろう。

もうひとりの長身の武士も刀を抜き、前に立った安田に切っ先をむけた。

すかさず、安田も抜刀した。

五

菅井と浅黒い顔の武士との間合は、およそ二間——。真剣勝負の立ち合いの間合としては、近い。戸口の前は狭く、そばに武士の仲間の男たちが何人もいるので、間合を広くとれないのだ。

一方、菅井の傍らにいる安田は、長身の武士と対峙していた。ふたりの間合も二間ほどしかなかった。

安田が八相に構えをとった。対する長身の武士は、青眼である。

「できるな！」

長身の武士が言った。

「おぬしもな」

安田は、長身の武士の構えに隙がないのを見てとった。それに、真剣勝負の経験があるらしく、それほど気の昂りがなかった。

遊び人やならず者たちは、菅井と安田が対峙していた武士を取り囲むように立っていた。何人かの男が、匕首《あいくち》や長脇差《ながどす》を手にして身構えている。戸口を取り囲むように立っている男たちからすこし離れた場所に、長屋の女房連中や子供たち、それに居職《いじょく》で長屋に残っていた男の姿もあった。

「いくぞ！」

菅井が声をかけ、足裏を擂《す》るようにして対峙した浅黒い顔の武士との間合をつめ始めた。居合は、抜刀しざま敵を斬る。飛び込んで敵を斬ることは、滅多にない。そのため、どうしても斬撃の間合が近くなるのだ。

対する浅黒い顔の武士は、青眼に構えたまま切っ先を菅井の目にむけていた。いまにも、斬り込んできそうな気配がある。

……抜き付けの間まで、あと半間――。

菅井が、そう読んだときだった。

ふいに、浅黒い顔の武士が身を引いた。このまま、菅井に居合の抜刀の間合に入られると、後れをとるとみたのかもしれない。

菅井は、さらに間合をつめていく。

このとき、安田と対峙していた長身の武士が、いきなり仕掛けた。

イヤアッ！

裂帛《れっぱく》の気合を発しざま、斬り込んだ。

青眼から袈裟《けさ》へ——。

咄嗟《とっさ》に、安田は身を引いた。

武士の切っ先は、安田の胸の辺りをかすめて空を斬った。

すかさず、安田は斬り込んできた武士の右腕を狙って刀を横に払った。一瞬の太刀《たち》捌《さば》きである。

武士の右袖が裂け、露《あらわ》になった右の前腕に血の色がある。武士は慌てて身を引いた。

武士の右の前腕から血が流れ出ている。だが、浅手だった。薄く皮肉を裂かれているだけらしい。

武士は身を引くと、そばにいる遊び人ふうの男たちに、

「やれ！　脇から、斬りつけろ！」

と、叫んだ。

この声で、安田の左手にまわり込んでいた男が、

「死ね！」

叫びざま踏み込み、手にした匕首を突き出した。

咄嗟に、安田は身を引いて匕首を躱し、男の右手を狙って刀を払った。素早い動きである。

安田の切っ先が、男の前腕をとらえた。だが、それほどの深手ではない。前腕の肌が裂けただけだ。

それでも、男は手にした匕首を取り落とし、悲鳴を上げてよろめいた。そして、足が止まると、左手で傷口を押さえて後ろに逃げた。

このとき、戸口のまわりにいたふたりの武士と遊び人ふうの男たちの後方に、長屋の女房連中や子供、それに居職で長屋にいた男たちの姿があった。

「みんな、石を投げるんだよ」

お熊が声を上げた。

すると、近くにいた女房連中や子供たちなどが、足許近くにあった小石を拾い、遊び人ふうの男たちとふたりの武士にむかって投げた。

石礫《いしつぶて》が、バラバラと飛んできた。そして、遊び人ふうの男や武士の体にも当たった。何人もの男たちが、悲鳴を上げた。飛んでくる石礫の数が多く、逃げようがないのだ。

た。

「こ、殺してやる！」

ひとりの男が手にした長脇差を振り上げ、女房連中や子供に走り寄ろうとした。

その男に、石礫が雨霰《あめあられ》のように飛んできた。

「助けて！」

悲鳴を上げ、男は家の戸口の脇へ逃げた。

これを見た遊び人ふうの男たちのなかにいた兄貴格の男が、

「逃げろ！　逃げるんだ！」

と、叫び、その場から離れ、路地木戸の方へむかって走りだした。

戸口近くにいた男たちが、逃げる兄貴格の男の跡を追った。菅井と安田に対峙していたふたりの武士も慌てて身を引き、間合があくと、反転して走りだした。

ふたりの武士にも、バラバラと石礫が飛んだ。ふたりの武士が抜き身を手にしたまま長屋の住人たちに近付くと、ワッ、と声を上げ、石を投げていた者たちが慌てて逃げ散った。

ふたりの武士と遊び人ふうの男たちは、長屋の住人には構わず、路地木戸の方へ逃げていく。

った。子供のなかには、その場で飛び跳ねる者もいた。

おゆきのいる家の戸口にいた菅井は、腰高障子をあけて家の中を覗《のぞ》き、

「おゆき、心配するな。権蔵の子分たちは、逃げたぞ」

と、声をかけた。

すると、おゆきが枕屏風の上から顔を出し、

「菅井さまや長屋の人たちは、無事ですか」

と、心配そうな顔をして訊いた。

「無事だ。長屋のみんなの御陰で、助かったよ」

菅井が、めずらしく安堵《あんど》の声を上げた。

六

長屋を襲ったふたりの武士と遊び人ふうの男たちが逃げ出したとき、源九郎、孫六、平太の三人は、長屋の路地木戸の近くまで来ていた。

「華町の旦那、男たちが走ってきやす！」

平太が声を上げた。

見ると、何人もの遊び人ふうの男たちが、慌てた様子で路地木戸の方へ走ってくる。

「二本差しもいる！」

孫六が言った。

遊び人ふうの男たちにつづいて、ふたりの牢人体の武士の姿が見えた。ふたりとも抜き身を手にしている。

「孫六、平太、脇へ逃げるぞ！」

源九郎が声をかけた。

刀を手にしているふたりの武士をやりすごせば、遊び人ふうの男を何人か仕留めることができるが、孫六と平太が一緒だと手が出せない。

源九郎たち三人は、路地木戸の脇に身を隠した。

路地木戸から出てきた男たちは源九郎たちに気付かず、路地木戸から走り出ると、通りを竪川の方へむかった。

ひとりだけ、逃げ遅れた男がいた、男の右腕が血に染まっている。安田に、腕を斬られた男である。

男が、源九郎の近くまで来たときだった。

源九郎は刀を抜き、刀身を峰に返した。男を峰打ちに仕留めて、生きたまま捕らえようとしたのだ。長屋に踏み込んできた男たちのことを訊くためである。

男は脇から飛び出してきた源九郎を目にし、ギョッとしたような顔をして、その場に立ち竦《すく》んだ。

すかさず、源九郎が刀身を横に払った。

男は呻《うめ》き声を上げてよろめいた。源九郎の峰打ちが、男の腹を強打したのだ。

男の足が止まったとき、孫六と平太が飛び出した。ふたりは男の両腕をとると、その場に押さえ付けた。

先に逃げた男たちは、男の呻き声を聞いて振り返ったが、足を止める者はいなかった。源九郎たちの姿を目にし、捕らえられた男を助けにもどると、自分が同じ目に遭《あ》うと思ったようだ。

「その男を、長屋に連れていく」

源九郎が、孫六と平太に目をやって言った。

源九郎たちは、捕らえた男を連れて源九郎の家のある方にむかった。家の近くには、まだ大勢の女房連中や子供たちが集まっていた。戸口の前に、菅井と安田が立っている。

女房連中の間から、「華町の旦那だ！」「孫六さんと、平太さんもいる」などという声が聞こえた。

戸口にいた菅井と安田が源九郎たちを目にし、足早に近付いてきた。

菅井は、源九郎が腕を摑んでいる男を見て、

「華町、その男は」

と、訊いた。

「長屋から、飛び出してきた男だ」

源九郎が言った。

「そうか。いまな、権蔵の子分たちが長屋に踏み込んできて、おゆきを連れ出そうとしたので、追い払ったところだ」

菅井が言うと、脇にいた安田がうなずいた。

「みんな、無事か」

源九郎は、戸口近くに集まっている長屋の住人たちに目をやって訊いた。戦いに巻き込まれた者がいるかもしれない。

「無事だ。長屋のみんながな、石を投げて、踏み込んできたやつらを追い払ってくれたのだ」

菅井が言うと、その場に残っていたお熊が、

「あたしら、遠くから石を投げただけだよ。怖くて、近寄れないもの」

と、脇に立っていたおとよに目をやって言った。おとよは、お熊の隣に住むぼてふりの女房である。

おとよはまだ興奮しているらしく、目を光らせてうなずいた。

「みんな、助かったぞ！」

源九郎が、その場に残っていた女房連中に目をやって言った。

すると、近くにいた女房のひとりが、

「よかったね。華町さまたちが来れば、安心だよ」

と、ほっとした顔をして言った。

「それで、おゆきは、家にいるのか」

源九郎が、声をあらためて菅井に訊いた。

「いる」

そう言って、菅井が腰高障子をあけた。

源九郎が土間に入ると、座敷の隅に置かれた枕屏風の前に座っているおゆきの姿が見えた。おゆきは、青褪《あおざ》めた顔で、身を顫《ふる》わせている。

「おゆき、心配するな。権蔵の子分たちは、追い払った」

菅井が、おゆきに声をかけた。

おゆきはほっとした顔をして腰を上げると、上がり框近くに出てきて座りなおした。

「長屋のみんなが、集まってきてな。助けてくれたらしい」

源九郎が言った。

「長屋の人たちに、何とお礼を言っていいか……」

おゆきは、涙ぐんでいる。

「おゆき、気を遣うことはないぞ。長屋の者たちは、みんな助け合って生きているのだ。……今日は、ゆっくり休め。明日の朝、様子を見に来る」

源九郎はそう言い残し、菅井と一緒に外へ出た。いまは、あれこれ訊くより、そっとしておいてやろうと思ったのだ。

源九郎は菅井、孫六、平太の三人を連れ、捕らえた権蔵の子分とともに菅井の家にむかった。子分から、話を訊こうと思ったのだ。

七

源九郎たちは、捕らえた男を菅井の家の座敷に座らせると、

「おまえの名は」

と、源九郎が訊いた。

源九郎と菅井が、捕らえた男の前に座った。孫六と平太は、上がり框近くに腰を下ろしている。

男は戸惑うような顔をして口をつぐんでいたが、

「長助《ちょうすけ》でさァ」

と、小声で名乗った。

「長助か。……おまえたちは、だれの指図で動いていたのだ」

源九郎が訊いた。

長助は、口を閉じたまま、源九郎から視線を逸《そ》らせた。話したくないらしい。

「喋《しゃべ》りたくなかったら、喋らなくてもいい。その代わり、ここで、おまえの首を落とす」

そう言って、源九郎は傍らに置いてあった刀を手にした。そして、長助の目の

前で抜くと、切っ先を首筋に当て、

「だれの指図で、動いている！」

と、語気を強くして訊いた。

長助は目を剝《む》いて首を伸ばし、

「ご、権蔵、親分で……」

と、声をつまらせながら言った。

「権蔵は、何としてもおゆきを連れていきたいようだが、それほどおゆきが気に入ったのか」

源九郎は、それにしても、執念深い男だ、と思った。

「親分はおゆきを気に入ったようだが、それだけじゃァねえ」

長助が言った。

「他に、何かあるのか」

「顔でさァ。このまま、おゆきを見逃してやったら、親分の顔が潰れちまう」

「おゆきが、小料理屋の小鈴を明け渡さなかったからか」

「それもありやす」

「他に、何がある」

「小鈴を明け渡さなかった上に、おゆきは旦那たちとくっついて、あからさまに親分に逆らった。親分にしてみれば、顔に泥を塗られたようなもんでさァ」

「権蔵がどう思おうと、おゆきは権蔵から逃げようとしただけだ」

そう言って、源九郎が口をとじると、

「俺も、訊きたいことがある」

菅井が言った。

「訊いてくれ」

源九郎は、すこし身を引いた。

「今日、ふたりの武士が、長屋に乗り込んできたな。……ふたりは、稲葉と長瀬か」

菅井が、長助を見据えて訊いた。すでに、ふたりの名を聞いていたので、確認したのである。

長助は、いっとき戸惑うような顔をして口をつぐんでいたが、

「そうでさァ」

と、小声で言った。

「ふたりは、子分というより客分だそうだな」

長助によると、ふたりは、数年前、権蔵が貸元をしている賭場《とば》に出入りしており、賭場で暴れたならず者を斬ったことで権蔵に認められ、長濱屋に出入りするようになったという。

「稲葉と長瀬は客分だそうだが、それにしては、権蔵の子分たちと一緒に動きまわっているではないか。それに、ふだんは、用心棒のように権蔵の身辺にいるようだ」

菅井が言った。

「詳しいことは知らねえが、親分と知り合う前、ふたりは家を出て牢人暮らしをしてたようでさァ」

「それで、権蔵のそばにいるようになったのか」

「そう聞いてやす」

「ふたりとも、禄高の低い旗本か御家人の家に生まれたのではないかな。次男、三男だと、いずれ、家を出なければならないからな。剣の腕が立っても、行き場のない者もいる」

源九郎が言った。源九郎は、御家人の家に生まれ育ったので、そうした事情は

「よく、御存知で」

よく知っていた。

「いずれにしろ、稲葉と長瀬は、権蔵の意を受けて動いているようだ」

菅井が言った。

「そうだな」

源九郎がうなずいた。

次に口をひらく者がなく、座敷が静まったとき、

「あっしらは、どう動きやす」

黙って聞いていた孫六が、源九郎と菅井に目をやって訊いた。

「何か手を打たないとな。このままにしておけば、また長屋を襲うぞ。権蔵も、顔を潰されたまま放ってはおけないはずだ」

源九郎が言った。

「権蔵を始末すれば、それで済むのだが、権蔵を討つのは、簡単ではないからな」

菅井が首をひねった。

次に口をひらく者がなく、座敷が重苦しい沈黙につつまれたとき、

「権蔵を始末すれば、それで済んじまうが、権蔵は長濱屋の離れに身を隠したま

ま出て来ねえし、かといって、離れに踏み込むと、返り討ちに遭いそうだし……。手の打ちようがねえなァ」

と、孫六が首を捻《ひね》りながらつぶやいた。

源九郎は孫六のつぶやきを耳にすると、

「はたして、権蔵は長濱屋の離れに身を隠したままかな」

源九郎が、孫六に目をやって言った。

「離れから出るときがありやすかね」

「あるはずだ。別の情婦をどこかに囲っているかも知れん。おゆきを自分の情婦にしようとしているところからみても、権蔵は女好きのようだ」

「ちげえねえ」

孫六が、口許に薄笑いを浮かべて言った。

「それに、賭場だ。……賭場をどこかでひらいていれば、貸元として、出入りすることがあるはずだ」

「賭場か」

菅井が、ちいさくうなずいた。

「長助、賭場はどこにある」

源九郎が訊いた。

「福井町《ふくいちょう》一丁目と聞きやした」

「一丁目のどこだ」

福井町一丁目は、日光街道《にっこうかいどう》の西方に位置している。広い町で、一丁目と知れただけでは探すのが難しい。

「三丁目の近くと、聞いてやす」

「そうか」

三丁目は、狭い町だった。三丁目近くを探せば、賭場が突きとめられるだろう。

「いずれにしろ。賭場を突きとめてからだな」

源九郎が、座敷にいた菅井、孫六、平太の三人に目をやって言った。

源九郎たちが口を閉じると、

「あっしを、帰《けえ》してくだせえ」

長助が首をすくめて言った。

「どこへ、帰る」

源九郎が訊いた。

「あっしの実家が、花房町《はなぶさちょう》にありやす」

長助によると、年老いた親が、花房町で下駄屋をやっているという。花房町も神田川沿いにあるが、柳橋からはかなり離れている。

「長助、死にたくなかったら、しばらく花房町に身を隠しているんだな」

源九郎が言った。

「へえ……」

長助は戸惑うような顔をして、源九郎たちに目をむけた。

「おまえが、おれたちに捕らえられたことは、仲間たちが知っている。のこのこ帰ってきたら、どう思う。……親分や仲間たちのことを話したから、逃がしてもらったとみるぞ」

「そ、そうかもしれねえ」

長助の声が震えた。顔から血の気が引いている。

「長助、仲間たちに気付かれないように、下駄屋に身を隠しているのだ。……なに、そう長い間ではない。わしらが、権蔵たちを始末する」

源九郎が、虚空を睨むように見据えて言った。

第四章　賭場

一

「華町の旦那、いやすか」

腰高障子の向こうで、孫六の声がした。

源九郎は菅井の家で、茶を飲んでいた。朝餉《あさげ》の後、菅井が淹《い》れてくれたのだ。

「いるぞ」

菅井が声を上げた。

腰高障子があいて、孫六と平太が顔を出した。ふたりは土間に入ってくると、
源九郎と菅井に目をやり、

「朝めしは」

と、孫六が訊いた。

「食べ終えてな。いま、茶を飲んでいたところだ」

そう言って、源九郎は湯飲みをかたむけた。

「そろそろ、出かけやすか」

「そうだな」

源九郎は湯飲みの茶を飲み干すと、「菅井、行くか」と脇にいる菅井に声をかけた。

「行こう」

菅井は、湯飲みを手にして立ち上がった。

源九郎も立ち上がり、部屋の隅に置いてあった刀を差した。そして、湯飲みを流し場に置いてから外に出た。

五ツ半（午前九時）を過ぎているだろうか。陽は、だいぶ高くなっていた。長屋はひっそりしている。一日のなかでも、いまごろが長屋の静かなときだった。亭主たちは仕事に出かけ、女房たちは朝餉の片付けを終え、家のなかで子供と一緒に一休みしているときである。

源九郎、菅井、孫六、平太の四人は、福井町一丁目に行くことになっていた。

権蔵の賭場を突きとめるためである。

長屋にはこれまでと同じように、安田、茂次、三太郎の三人が残ることになっていた。源九郎たちは長屋の路地木戸から出ると、南にむかった。竪川沿いの道に出て、福井町へ行くつもりだった。

源九郎たちは竪川沿いの道に出て西に足をむけ、大川にかかる両国橋を渡り、賑やかな両国広小路に出た。

広小路をさらに西にむかい、浅草橋を渡った。そこは、日光街道である。

源九郎たちは浅草橋を渡ると、すぐに西にむかう通りに入った。その辺りは、茅町一丁目である。

茅町一丁目を抜けると、福井町一丁目だった。

「福井町三丁目の近くだったな」

源九郎が、歩きながら言った。

「三丁目まで、かなり歩きますぜ」

孫六が、すこし足を速めた。

それから、源九郎たちは西にむかってしばらく歩いた。

「この辺りでは、ないか」

源九郎が、歩きながら言った。

「あっしが、そこの下駄屋で訊いてきやす」

孫六は、小走りに通りの先にある下駄屋にむかった。店先で赤い鼻緒の下駄を手にした娘が、店の親爺らしい男と話していた。娘は下駄を買いにきたらしい。

孫六が下駄屋に近付くと、娘は下駄を手にしたまま店先から離れた。孫六は、店先に残っていた親爺に身を寄せて何やら話していたが、いっときすると踵《きびす》を返した。そして、足早にもどってきた。親爺は孫六に目をむけていたが、すぐに店に入ってしまった。

孫六は源九郎たちのそばに来るなり、

「賭場のある場所が、知れやした」

と、小声で言った。

「ここから近いのか」

源九郎が訊いた。

「二町ほど先だそうで」

孫六が親爺に聞いた話によると、いまいる道をいっとき歩くと、道沿いに太い欅《けやき》が枝葉を茂らせているという。

「その欅の脇の道に入ると、二町ほど先に板塀をめぐらせた家がありやしてね。それが、賭場らしい、と親爺《へえ》は話しやした」

孫六が、源九郎たち三人に目をやって言った。

「行ってみるか」

源九郎と孫六が、先にたった。ふたりからすこし間をとって、菅井と平太は歩いてくる。四人一緒だと人目を引くので、そうしたのだ。

源九郎と孫六は、通行人を装って通りを歩いた。そこは町人地で、行き交う人は町人が多かった。それでも、ときおり供連れの武士も通りかかった。

通り沿いには、仕舞屋《しもたや》、下駄屋、八百屋、などが並んでいたが、空地や草藪《くさやぶ》なども目についた。

源九郎たちが二町ほど歩くと、

「旦那、その家ですぜ」

孫六が通りの先を指差した。

通りからすこし入った所に、板塀をめぐらせた仕舞屋があった。仕舞屋の正面に丸太を二本立てただけの吹き抜け門があった。門扉《もんぴ》はないので、自由に出入りできる。

「あれが、賭場か」

源九郎が、仕舞屋を見つめて言った。どうやら、客は吹き抜け門を通って、賭場に出入りしているようだ。

源九郎と孫六は、仕舞屋から半町ほど離れた路傍で枝葉を茂らせていた椿の樹陰に身を隠した。

源九郎は、後続の菅井と平太が来るのを待って、

「見ろ、賭場のようだ」

と、仕舞屋を指差して言った。

「だれもいないのか」

菅井が訊いた。

「まだ、賭場をひらくのは早いからな」

源九郎が、上空に目をやって言った。陽は西の空にまわりかけていたが、まだ、賭場をひらくには早いだろう。

「どうしやす」

孫六が訊いた。

「どうだ、めしでも食ってこないか」

源九郎が言った。まだ、昼飯を食ってなかったし、一杯やって時間を過ごせば、賭場がひらかれるころになるだろう。

「そうしやしょう」

孫六が声高に言った。

源九郎たちは来た道を引き返し、二町ほど歩いてから、通り沿いにある一膳めし屋を目にとめた。

源九郎たちは一膳めし屋に入り、まず酒を頼んだ。そして、酒をチビチビやって酔わない程度に飲んでから、飯を頼んで腹拵《はらごしら》えをした。

二

陽が西の空にまわったころ、源九郎たちは一膳めし屋を出た。

孫六が賭場の方にむかって歩きながら、

「そろそろ、賭場をひらくころですぜ」

と、緊張した顔で言った。

「そうだな」

源九郎たちは来た道を引き返し、さきほど身を隠した椿の樹陰にまわった。

「だれか、いやす！」

孫六が、昂《たかぶ》った声で言った。

板塀をめぐらせた仕舞屋の戸口に、男がふたり立っていた。板塀越しに、ふたりの胸の辺りから顔までが見えた。はっきりしないが、遊び人ふうの若い男である。

「あのふたり、賭場の下足番ではないか」

菅井が言った。

「そのようだ」

源九郎も、下足番と見た。

「賭場の客らしい男がきやす！」

平太が、来た道を指差して言った。そこは、仕舞屋の方につづいている道だった。遊び人ふうの男がふたり、何やら話しながら歩いてくる。

「ふたりの後ろからも来る」

孫六が言った。

遊び人ふうの二人連れの後方に、職人ふうの男の姿が見えた。男はひとりだった。足早に歩いてくる。

「見ろ、一人で来る男の後ろにもいるぞ」

菅井が身を乗り出すようにして、通りの先を見ながら言った。

商家の旦那ふうの男がふたり、足早に歩いてくる。小袖に羽織姿だった。ただ、ふたりが、賭場に来たのかどうか分からない。

ふたりの男は、源九郎たちのいるそばを通り、吹き抜け門の前まで行くと足を止めた。そして、周囲に目をやってから門内に入り、仕舞屋の戸口にいたふたりの遊び人ふうの男に何やら声をかけた。

すぐに、戸口にいた男のひとりが、商家の旦那ふうの男たちを案内して仕舞屋に入った。商家の旦那ふうの男も、賭場の客らしい。

それから、ひとり、ふたりと男が姿を見せ、賭場に入っていった。

「旦那！　権蔵たちのようですぜ」

孫六が昂った声で言い、通りの先を指差した。

見ると、七、八人の男が一団となって、源九郎たちが身を潜めている方へ歩いてくる。遊び人ふうの男、ふたりの武士、黒羽織に小袖姿の恰幅《かっぷく》のいい男、それに、小袖に角帯を締めただけの男などがいた。ふたりの武士は、稲葉と長瀬らしかった。

「黒羽織の男が、権蔵だな」

源九郎は、黒羽織の男が年配であり、一団のなかでは親分格らしいことから、権蔵とみたのだ。

「権蔵にまちがいない」

菅井が、一団を見つめながら言った。

男たちの一団は、何やら話しながら、源九郎たちが身を潜めている方に近付いてくる。

そのとき、逸《はや》った平太が樹陰から飛び出そうとした。

源九郎が平太の肩を押さえ、

「下手に仕掛けると、返り討ちだぞ」

と、声を殺して言った。相手は、七人だった。稲葉と長瀬もいる。親分のそばにいる子分たちも、侮れない。戦力は、権蔵たちの方が上だろう。

源九郎たちは樹陰に身を隠したまま、権蔵たちが通り過ぎていくのを見つめていた。

権蔵たちは源九郎たちの前を通り過ぎ、吹き抜け門を通って仕舞屋に近付いた。すると、下足番らしい男が、権蔵たちを出迎え、仕舞屋の中に案内した。慣れた様子である。賭場がひらかれるときは、権蔵が貸元として顔を出すことが多いのだろう。

「どうしやす」

孫六が訊いた。

「稲葉と長瀬の他に、あれだけの子分が一緒だと、手を出せないな。下手に仕掛けると、わしらが皆殺しに遭《あ》う」

源九郎が言うと、

「帰りは、どうかな」

菅井が、仕舞屋を見つめて言った。

貸元である権蔵が、博奕《ばくち》が終わるまで仕舞屋にとどまっているはずはない。貸元として客たちに挨拶をした後、代貸に賭場を任せ、何人かの子分を連れて塒《ねぐら》である長濱屋に帰るはずだ。

「帰りを狙うか」

菅井が、仕舞屋を睨《にら》むように見すえて言った。

それから半刻（一時間）ほどすると、辺りは暗くなり、仕舞屋から洩《も》れる灯《あかり》が夜陰のなかに、はっきり見えるようになった。

仕舞屋では博奕がおこなわれているらしく、男たちのどよめきが聞こえたり、静寂につつまれたりしていた。

「そろそろ、権蔵たちが出てきてもいいころだな」

菅井が仕舞屋を見つめて言った。

仕舞屋の戸口には、下足番らしい男がひとり立っていた。すでに、出入りする客の姿はなく、暇を持て余しているようだ。

その下足番が慌てた様子で、戸口から出てきた。そして、戸口の脇に立って腰をかがめている。

「出てきた！　権蔵たちだ」

平太が声を殺して言った。

見ると、戸口から男たちが出てきた。権蔵のほかに子分が四人。それに、稲葉と長瀬の姿もあった。

「来たときと、変らねえ」

孫六が顔をしかめて言った。

「稲葉と長瀬も一緒か。……権蔵は用心深いな」

源九郎は、帰りも権蔵たちを襲うことはできない、とみた。源九郎と菅井が稲葉と長瀬と戦っているとき、他の子分たちが、孫六と平太を襲うだろう。

「見逃すしかないな」

菅井が、残念そうな顔をして言った。

権蔵たち一行は、身を潜めている源九郎たちの前を通り過ぎていく。

三

源九郎たちが福井町から帰った翌日、菅井の家に七人の男が集まった。源九郎、菅井、安田、孫六、茂次、平太、三太郎の七人である。

狭い座敷に七人が座ると、さらに狭く感じられた。

「権蔵を襲うのは、むずかしい」

源九郎はそう切り出した後、賭場へ出入りする権蔵には、稲葉と長瀬にくわえて何人もの子分がつき、下手に仕掛けると返り討ちに遭うことを話した。

「権蔵は、用心深い男だな」

安田が顔をしかめて言った。

「そうかといって、このままにしておくと、わしらの隙を見て、長屋にいるおゆきが襲われる。……ここにいる仲間からも、犠牲者が出るだろう」

源九郎が言うと、次に口を挟む者はなく、座敷は重苦しい沈黙につつまれた。

そのとき、菅井が身を乗り出すようにして、

「いっそのこと、長濱屋の離れを襲ったらどうだ」

と、男たちに目をやって言った。

「離れを襲うだと」

源九郎が、身を乗り出して訊いた。

「そうだ。明け方がいいな。まだ、長濱屋に客がいないころ、離れに踏み込んで権蔵を斬るのだ」

「稲葉と長瀬がいるぞ」

「まさか、親分と同じ部屋に寝泊まりしているわけではあるまい。離れに踏み込む前に、子分を捕まえて居所を訊けば、稲葉たちが駆け付ける前に権蔵を討てるだろう」

「うむ……」

源九郎は虚空に目をむけて、いっとき黙考していたが、いい手かもしれない、と思った。それに、権蔵が討てなかったとしても、稲葉と長瀬のどちらかを始末できる可能性もある。

「やってみるか」

源九郎が言うと、話を聞いていた安田が、

「おれも、行くぞ」

と、身を乗り出して言った。

「いや、安田は残ってくれ。みんな長屋を出てしまうと、おゆきを守る者がいなくなる」

「そうか」

安田がうなずいた。何度か長屋が襲われているので、安田も、何人か長屋に残った方がいいと思ったようだ。

「それで、いつ行く」

菅井が、源九郎に訊いた。

「早い方がいい。……どうだ、明日、出かけるか」

「いいだろう」

「明日、暗いうちに、長屋を出よう」

源九郎が、座敷にいた菅井、孫六、平太の三人に目をやって言った。

翌朝、源九郎と菅井は暗いうちに起きて、昨夕、用意しておいた握りめしを食べた。茶があるとよかったが、湯を沸かす時間がなかったので、水を飲んで我慢した。

源九郎と菅井が家を出て、長屋の井戸端のところへ行くと、平太が待っていた。孫六はまだである。

「呼んできやしょうか」

そう言って、平太がその場を離れようとしたとき、足音が聞こえ、孫六が姿を見せた。

「申し訳ねえ。旦那たちを待たせてしまったようだ」

孫六が、照れたような顔をして言った。

「行くぞ」

源九郎が三人に声をかけ、先に立った。

源九郎たちは、竪川沿いの通りから両国橋を渡り、両国広小路に出た。そして、柳橋を渡って、神田川沿いの通りに入った。いっとき歩くと、道沿いにある長濱屋が見えてきた。

東の空が茜色《あかねいろ》に染まり、辺りがほんのり明るくなっていた。まだ、長濱屋の脇や軒下には淡い夜陰が残っていたが、店の輪郭ははっきりと見えた。それに、店の者が起きだしたのか裏手にかすかに灯の色があり、足音や戸をあける音などが聞こえてきた。

「旦那、起きだしたようですぜ」

孫六が言った。

「それにしても、早いな。長濱屋は、昨夜遅くまで店をひらいていたのではないのか」

源九郎は、腑《ふ》に落ちなかった。夜の遅い料理屋の者が、早朝から起きだして店をひらく準備をしているとは、思えなかったのだ。

「離れは、どうかな」

そう言って、孫六が長濱屋の脇に行って、裏手を覗《のぞ》いた。

源九郎と菅井、平太の三人も、孫六の後につき裏手に目をやった。

離れにも、灯の色があった。男たちが起きているらしく、物音や話し声などが聞こえてきた。

「早いな。暗いうちに、店をひらく気か」

源九郎が、首を捻《ひね》りながらそう言ったときだった。

離れの方から、近付いてくる足音が聞こえた。

「隠れろ！」

源九郎が声を殺して言い、長濱屋の隣の店の脇に身を隠した。

長濱屋の脇から、男がひとり出てきた。遊び人ふうの若い男である。男は通りに出ると、柳橋の方へ足をむけた。

源九郎は若い男が長濱屋からすこし離れたところで、

「あいつから、話を訊いてみよう。平太、あいつの前にまわってくれ」

と、平太に声をかけた。

「合点でさァ」

平太は走りだした。すっとび平太と呼ばれるくらい足が速い。すぐに、若い男の脇を通って前にまわり込んだ。

源九郎たち三人は、若い男の背後に近付いた。

「なんだ、てめえは！」

遊び人ふうの男は平太に気付いて足を止め、懐に手をつっ込んだ。匕首《あいくち》でも取り出そうとしたのかもしれない。

源九郎は素早く抜刀すると、刀身を峰に返し、

「おまえの相手は、わしだ」

と、背後から声をかけた。

男は驚いたような顔をして、背後を振り返った。

すかさず、源九郎が踏み込みざま刀身を横に払った。一瞬の太刀捌《たちさば》きである。

峰打ちが、男の腹を強打した。

男は苦しげな呻《うめ》き声を上げ、両手で腹を押さえてうずくまった。

そこへ、菅井、平太、孫六の三人が、駆け寄った。

四

源九郎たち四人は、捕らえた男を長濱屋からすこし離れた神田川の岸際に連れていった。そこは、枝葉を茂らせた柳の樹陰だったので、通りを行き来する人から身を隠すことができる。

「おまえの名は」

源九郎が男に訊いた。

男は顔をしかめて、口をつぐんでいた。体が顫《ふる》えている。

「わしらは、伝兵衛店の者だ。黙っているなら、ここで、おまえの首を落とすぞ」

源九郎は切っ先を男の首にむけ、

「名は！」

と、語気を強くして訊いた。

男は戸惑うような顔をしたが、

「政次郎《まさじろう》で……」

と、小声で名乗った。

「長濱屋の裏手の離れに、権蔵がいるな」

源九郎が訊いた。

政次郎はいっとき口をつぐんでいたが、

「いやす」

と、小声で言った。隠すほどのことではない、と思ったようだ。

「稲葉と長瀬は」

源九郎は、ふたりもいるとみていたが、念のため訊いたのだ。

「い、いねえ」

政次郎が、声をつまらせて言った。

「ふたりは、朝からどこへ行ったのだ」

「……」

政次郎は、戸惑うような顔をして口をつぐんでいた。

「どこへ行った！」

源九郎が、語気を強くして訊いた。

「で、伝兵衛店で……」

政次郎の声が震えた。

「なに、伝兵衛店だと！」

源九郎が、目を剝《む》いて言った。そばにいた菅井たち三人も、驚いたような顔をして政次郎を見つめている。

「今朝、行ったのか！」

「そうで……」

「ここに来る途中、それらしい男たちを見なかったぞ」

「稲葉の旦那たちは、浅草橋を渡って行きやした」

「すれ違いになったか」

源九郎が顔をしかめた。

稲葉たちは、浅草橋を渡って両国広小路に出たため、源九郎たちと顔を合わせなかったのだ。

「華町、すぐに長屋にもどろう」

菅井が、強張《こわば》った顔で言った。

「よし!」

源九郎も、ともかく長屋にもどろうと思った。

「こいつは、どうしやす」

孫六が訊いた。

「平太とふたりで、つれてきてくれ」

源九郎はそう言い置き、菅井とふたりで走りだした。一刻も早く長屋にもどりたかった。下手をすると、おゆきを連れていかれるだけでなく、長屋に残っている安田や長屋の住人たちから怪我人や死人が出るかもしれない。

源九郎は喘《あえ》ぎながら走り、菅井とともに柳橋を渡り、両国広小路に出た。両国広小路はいつもと変らず、大勢の人が行き交っている。

源九郎たちが、賑やかな両国広小路を喘ぎながら走っているとき、安田、茂次、三太郎の三人は、源九郎の家の前に立っていた。長屋の女房連中や子供たちが、遠巻きにしていた。どの顔にも、不安の色がある。

いっとき前、安田は自分の家にいたが、茂次が戸口から飛び込んできて、

「安田の旦那、権蔵の子分たちが、長屋に踏み込んできた！」

と、知らせた。

「子分たちは、どこにいる」

安田は、傍らに置いてあった大刀を手にして立ち上がった。

「華町の旦那の家の方に行きやした」

「おゆきだ！　おゆきを連れに来たのだ」

安田は家から飛び出すと、茂次とともに源九郎の家に駆けつけた。

家の前まで来たとき、腰高障子の向こうで、男の怒声と女の悲鳴が聞こえた。

悲鳴の主《ぬし》は、おゆきである。

安田が家の中にいる者にむかって、

「おゆきに手を出すと、生きては帰さんぞ！」

と、語気を強くして言った。

そのとき、腰高障子の向こうで、「稲葉の旦那、戸口にだれか来てやすぜ」と

男の声が聞こえた。

すると、腰高障子があいて、浅黒い顔の武士が顔を出した。稲葉らしい。

「おれたちは、すぐ帰る。おゆきを、連れてな」

稲葉が薄笑いを浮かべて言った。

「そこをどけ！」

安田が家に踏み込もうとすると、

「女が、死んでもいいのか」

稲葉が嘯《うそぶ》くように言った。

「なに！」

安田の足が止まった。

「長屋の者が邪魔をして、おゆきを生きたまま連れて帰れなかったら、殺してもいいと言われているのだ」

稲葉が安田だけでなく、近くにいる長屋の住人たちにも聞こえる声で言った。

「おのれ！」

安田は怒気で顔を赤く染めたが、その場から動けなかった。

五

そのとき、源九郎の家の奥から、

「女を連れて出るぞ！」

と、男の声がした。

「長瀬、出てきてくれ。長屋の連中は、おとなしくしている」

稲葉が言った。

すぐに、長身の武士が姿を見せた。長瀬である。長瀬と遊び人ふうの男がふたり、おゆきを連れて出てきた。おゆきは猿轡《さるぐつわ》をかまされ、後ろ手に縛られている。

これを見た安田が、

「おゆきを、どこへ連れていく！」

と、声高に訊いた。

「どこかな」

長瀬が嘯くように言った。

「おのれ！」

安田が声を上げ、刀を抜こうとした。

「抜けば、この女を斬るぞ！」

稲葉が、語気を強くして言った。

安田は右手で柄《つか》を握ったまま動きをとめた。どうにもならない。憤怒で、体が震えている。

このとき、すこし離れた場に集まっていた長屋の住人たちの何人かが、足元の小石を摑んで、長瀬たちに投げ付けようとした。

「この女を殺してもいいのか！　おれたちに石など投げれば、この場で女を斬って捨てるぞ」

長瀬が怒鳴った。

石を手にした何人かの動きがとまった。石を握りしめたままなす術《すべ》もなく、その場につっ立っている。

「行くぞ！」

稲葉が仲間たちに声をかけた。

稲葉が先頭にたち、長瀬はおゆきの脇にまわった。そして、権蔵の子分たちがおゆきを取り巻くようにして、長屋の路地木戸にむかった。

安田も長屋の住人たちも、手が出せなかった。何人もの住人が、稲葉たちの後からついていったが、路地木戸の手前で足を止めた。稲葉たちが路地木戸を出て、その姿が見えなくなったからだ。

安田、茂次、三太郎の三人は、路地木戸を出たところまでついていったが、それ以上、跡を追わなかった。追っても、どうにもならないと分かっていたからだ。

おゆきを連れた稲葉たちの一行が、通りの先にちいさくなっていく。

「おゆきを連れていかれた」

安田が、無念そうに言った。

このとき、源九郎たちは、一ツ目橋のたもと近くまで来ていた。孫六と平太は捕らえた政次郎を連れて、すこし後ろから歩いてくる。

源九郎たちが橋のたもとまで来たときだった。

「華町、見ろ！」

菅井が前方を指差した。

前方から、何人もの男たちが、女ひとりを取り囲むようにして歩いてくる。

「おゆきではないか！」

源九郎が、足を止めて言った。

「おゆきだ！　権蔵の子分たちが、連れ出したのだ」

「稲葉たちではないか」

菅井が言った。

そのとき、後方から孫六と平太が政次郎を連れてそばに来た。

「権蔵の子分たちが、おゆきを連れだしたのだ」

孫六が、上擦った声で言った。

「この場で、おゆきを助けるか」

菅井が訊いた。

「駄目だ。おゆきは人質に取られている。それに、稲葉と長瀬が一緒だ。権蔵の子分たちもいる」

戦力は稲葉たちの方が上だ、と源九郎はみたのだ。

「身を隠せ！」

源九郎が、孫六たちに声をかけた。

源九郎、菅井、孫六、平太の四人は、捕らえた政次郎を連れ、通り沿いの下駄屋の脇に身を隠した。

おゆきを連れた稲葉たち一行は、おゆきを取り囲むようにして両国橋の方にむかっていく。

稲葉たち一行が遠ざかると、源九郎たちは下駄屋の脇から通りに出た。

「孫六、平太、頼みがある」

源九郎が言った。

「何です」

孫六が源九郎に身を寄せて訊いた。

「稲葉たちの跡を尾けて、行き先を突きとめてくれ」

「承知しやした」

孫六が平太に目をやると、平太は緊張した顔をしてうなずいた。

「無理をするなよ」

「あいつらの跡を尾けるのは、楽でさァ。あれだけ大勢いれば、遠くからでも見失うことはねえ」

孫六はそう言い、「平太、行くぜ」と声をかけ、ふたりでその場を離れた。

源九郎は連れてきた政次郎に、

「稲葉たちは、親分の権蔵の指図で、おゆきを連れに来たのだな」

と、念を押すように訊いた。

「そうかも知れねえ。親分も、おゆきが旦那たちのそばにいたままじゃァ、顔が立たねえからな」

政次郎が、遠ざかっていく孫六たちの後ろ姿に目をやって言った。

「やはり、そうか」

源九郎がつぶやいた。

その日、源九郎たちははぐれ長屋にもどり、おゆきのいなくなった源九郎の家に集まった。

源九郎と菅井だけでなく、安田、茂次、三太郎の姿もあった。捕らえた政次郎は、座敷の隅に座っている。

孫六と平太がもどってきたのは、陽が西の空にまわってからだった。ふたりが、座敷に上がって腰を下ろすと、

「どうだ、稲葉たちの行き先が知れたか」

すぐに、源九郎が訊いた。

「知れやした」

孫六が言った。

「どこだ」

「長濱屋の裏手にある離れでさァ」

「やはりそうか」

源九郎は、おゆきは離れにいる権蔵の許に連れていかれるとみていたのだ。

「どうする」

菅井が訊いた。

「このままにしてはおかぬ。何としても、おゆきを助け出す。おゆきのためばかりではない。おれたちの顔がたたないし、長屋の者たちも、がっかりするだろう」

源九郎が、語気を強くして言った。

六

源九郎は、捕らえてきた政次郎のそばに腰を下ろし、

「政次郎、おゆきは長濱屋の離れに連れていかれたらしいが、権蔵の狙いは何だ」

と、念を押すように訊いた。

座敷にいた菅井たちも、源九郎の近くに座り、政次郎に目をやっている。

「親分は、いずれ、おゆきを情婦《いろ》にするつもりでさァ」

「うむ……」

源九郎も、そうみていた。おゆきが権蔵のなぶり者になる前に、何としても助け出したかった。

「早く手を打たないとな」

菅井が言った。菅井の顔にも、憂慮の色があった。

そのとき黙って聞いていた安田が、

「ここにいる者たちで、長濱屋に踏み込んだらどうだ」

そう言って、座敷にいる男たちに目をやった。

「それも手だが……」

源九郎は、策なしに離れに踏み込めば、仲間から何人もの犠牲者が出るとみた。長濱屋の離れには、権蔵の子分たちの他に、稲葉と長瀬がいる。下手をすると、おゆきを助け出すどころか、源九郎たちが返り討ちに遭う。

次に口をひらく者がなく、座敷は重苦しい沈黙につつまれた。座敷に集まった男たちの胸には、源九郎と同じように離れに踏み込めば、味方から何人もの犠牲者が出るとの思いがあるのだ。

「いい手がありやすぜ」

いっときして、孫六が身を乗り出して言った。

「いい手とは」

源九郎が訊いた。

「賭場でさァ」

「権蔵たちが賭場へ行くために長濱屋を離れたとき、離れに踏み込むのだな」

源九郎の声が、大きくなった。

「そうでさァ。長濱屋に、腕のたつ稲葉と長瀬もいなくなるはずですぜ。残っている子分たちも、すくなくなる」

「いい手だ。権蔵たちが、離れを出た後、踏み込もう」

源九郎が、その場にいた男たちに目をやって言った。

捕らえてきた政次郎は、逃がしてやった。政次郎が長屋で暮らすことはできないし、権蔵を裏切った政次郎が子分にもどることは、考えられなかった。それに、政次郎の話では、相生町や柳橋からは遠方の地である品川《しながわ》で、伯父が蕎麦屋をひらいており、その店の手伝いをして暮らすつもりだという。

翌日、午後になってから、源九郎、菅井、安田、孫六、平太の五人が、伝兵衛店を出て柳橋にむかった。茂次と三太郎は長屋に残った。七人もで行く必要がなかったし、大勢だと人目につくからだ。

源九郎たち五人は、人目につかないように間をとって歩いた。先にたったのは、源九郎と孫六である。

源九郎たちは賑やかな両国広小路を経て、柳橋に入った。そして、神田川沿いの道を西にむかって歩き、前方に長濱屋が見えてきたところで路傍に足を止めた。

源九郎と孫六は、後続の菅井たちが着くのを待ち、

「あれが、長濱屋だ」

と、源九郎が言って、前方を指差した。まだ、長濱屋のある場所を知らない者もいたのだ。

長濱屋には、何人もの客が入っているらしく、二階にある幾つかの座敷から嬌声《きょうせい》や男たちの談笑の声、それに三味線の音もした。

「権蔵は、賭場に出かけたかな」

源九郎が言った。

源九郎たちは権蔵が稲葉や長瀬を連れて賭場にむかった後、離れに踏み込んで、おゆきを助け出すつもりでいたのだ。

「あっしが、様子を見てきやしょうか」

孫六が言った。

「気付かれるなよ」

「客のふりして、離れのそばまで行ってみやす」

そう言い残し、孫六は源九郎たちから離れた。

孫六は客のふりをして、長濱屋の脇から離れにむかった。

源九郎たちは長濱屋からすこし離れ、川沿いで枝葉を茂らせていた柳の樹陰に身を隠した。

孫六は、なかなか出てこなかった。源九郎が、様子を見に長濱屋の裏手にまわってみようかと思い、樹陰から出たとき、孫六が長濱屋の脇から姿をみせた。

源九郎は、手を上げて孫六を呼んだ。孫六は小走りで源九郎たちのそばにやって来ると、

「おゆきは、離れにいないようですぜ」

と、樹陰にいる菅井たちにも聞こえる声で言った。

「離れに、いないのか」

源九郎が、念を押すように訊いた。

「へい、離れから出てきた女中らしい年増《としま》に、それとなく訊いたんですがね。……権蔵は子分たちと一緒に、おゆきを連れて離れを出たそうでさァ」

「権蔵たちは、どこへ行ったのだ」

「女中は、福井町ではないかと言ってやした」

「賭場か」

「そう見ていいようだが……」

孫六が語尾を濁した。

「だが、賭場に、女を連れていくはずはない。……それに、賭場に行くには、すこし早いのではないか」

源九郎が言った。

「あっしもそう思いやしてね。女中に、貸元をしている親分が、賭場に女を連れていくはずはねえ、と言ったんでさァ」

「それで、女中は何と言った」

「女中の話だと、権蔵は賭場に行く途中、どこかへ立ち寄るような話をしてたそうで」

「そうか。権蔵は、長濱屋の離れにおゆきを囲っておくと、すぐに俺たちに気付かれ、賭場へ行くため留守にしたときに、おゆきを連れて行かれるとみたのだ。それで、おゆきを連れて長濱屋を出た。賭場へ行く途中、権蔵はおゆきを囲っておくための、別の家に立ち寄ったにちがいない」

「俺もそうみる。権蔵は、俺たちの知らない場に、おゆきを隠したのだ」

安田が口を挟んだ。

「権蔵が立ち寄るのは、賭場に行く途中だな」

源九郎が、念を押すように言うと、

「旦那、おゆきのいる場は知れやすすぜ。権蔵は賭場からの帰りに、その家に立ち寄るはずでさァ」

孫六が、身を乗り出して言った。

「孫六の言うとおりだ」

「これから、賭場へ行きやすか。急げば、権蔵たちが賭場から出てくるときに、間に合うかもしれねえ」

孫六が、その場にいた男たちに目をやって言った。

「行こう。間に合わなければ、明日出直せばいいのだ」

源九郎たちは、すぐにその場を離れた。

七

源九郎たち五人は、神田川沿いの道を西にむかい、日光街道を横切った。そして、さらに西にむかっていっとき歩いてから、表通りを北に進んだ。その通り沿いに、福井町一丁目が広がっている。

源九郎たちは、賭場のある通りに入った。通りをいっとき歩くと、前方に板塀をめぐらせた仕舞屋が見えてきた。賭場である。

「どうしやす」

孫六が訊いた。

「近くまで、行ってみよう。まだ、権蔵は賭場にいるはずだ」

源九郎は、権蔵が賭場に入ってから、それほどの時間は経っていないだろうとみた。

源九郎たちは通行人を装って、すこし間をとって歩いた。そして、賭場の前まで行くと、男たちの話し声が聞こえた。賭場はひらいているようだ。

源九郎はすこし歩調を緩めただけで、賭場の前を通り過ぎた。

源九郎は、賭場から一町ほども離れた場所まで来て路傍に足を止めた。そして、後続の菅井たちが顔を揃えるのを待って、

「博奕は、まだ続いているようだ」

と、小声で言った。

菅井たち四人は、無言でうなずいた。

「どうしやす」

孫六が、源九郎に訊いた。

「権蔵が出てくるのを待とう。権蔵は長濱屋へ帰る途中、何処《どこ》かに立ち寄るはずだ。おゆきは、そこにいる」

源九郎が言うと、その場にいた男たちがうなずいた。

源九郎たちは来た道を引き返し、賭場がひらかれている仕舞屋の前を通り過ぎた。そして、賭場から一町ほど離れた道沿いで、こんもりと枝葉を茂らせていた椿の樹陰に身を隠した。その場に身を隠して、権蔵たちが賭場から出てくるのを

待つのだ。

権蔵たちは、なかなか賭場から出てこなかった。源九郎たちがその場に来て、半刻（一時間）も経ったろうか。

「出て来やした！」

孫六が、昂った声で言った。

見ると、仕舞屋の戸口から何人もの男が出てきた。下足番らしいふたりの若い男、子分らしい四人、稲葉と長瀬、そして、しんがりに権蔵が姿を見せた。

子分らしい男が下足番のふたりに何やら声をかけてから、権蔵たちの一行は仕舞屋の戸口から離れた。

「来やすぜ！」

孫六が、樹陰から権蔵たちを見つめて言った。

権蔵たち一行は、仕舞屋の前の通りに出ると、源九郎たちが身を潜めている方へ歩いてきた。

「捕らえるか」

安田が、権蔵たちを見据えて訊いた。

「先に、おゆきの居所を突きとめたい」

権蔵を討つのは、おゆきの居所を突きとめて、助け出した後だ、と源九郎は思った。それに、権蔵のそばには、稲葉と長瀬の他に子分が四人もいる。下手に仕掛けると、この場にいる五人のなかから犠牲者が出るだろう。

権蔵たちは、源九郎たちが身をひそめている前を通り、賭場に来た道を引き返していく。源九郎たちは権蔵たちの一行が通り過ぎ、半町ほど離れてから通りに出た。そして、権蔵たちが振り返っても気付かれないように、源九郎たちは離れて歩いた。顔を知られていない平太が先頭になり、孫六、安田、菅井、源九郎の順に歩いていく。

賭場を出てから、二町ほど歩いたろうか。先にいた平太が路傍に足を止め、道沿いにあった古い家屋の脇に身を隠した。平太の先を歩いていた権蔵たちの姿が見えない。

源九郎たちは小走りになり、平太が身を隠している家屋の脇にまわって身を隠した。その家は空家らしく、表戸がしめてあった。家のなかは、ひっそりとして人のいる気配がない。

「そこの家に、入った」

平太が、向かいにある家を指差して言った。

通りからすこし入ったところにある仕舞屋だった。家のまわりを、板塀で囲ってある。出入り口は丸太が二本立ててあるだけの吹き抜け門だが、洒落《しゃれ》た造りの家で、戸口は格子戸になっていた。大きな家だった。何部屋もありそうだ。庭には、松や紅葉《もみじ》などの庭木が植えてある。

「金持ちの隠居所か、妾《めかけ》を囲っている家のようだ」

菅井が、家を見ながら言った。

「おゆきは、ここに閉じ込められているのではないか」

安田が言った。

「そうかもしれん」

源九郎は、近所で訊いてみれば、すぐに分かる、と思った。

「踏み込むか」

菅井が源九郎に訊いた。

「駄目だ。……あの家に、おゆきが閉じ込められてるかもしれんが、いまは手が出せぬ。権蔵だけでなく、稲葉と長瀬の他に子分たちもいる」

源九郎は、稲葉や子分たちと斬り合いになれば、仲間から犠牲者が出るだろうと思った。それに、おゆきを助け出せるかどうかも分からない。

「どうする。このまま帰るか」

菅井が、その場にいる男たちに目をやって訊いた。

「せっかく来たんだ。近所で聞き込んでみるか。おゆきがひとりでいるかどうか知りたい」

源九郎が言うと、その場にいた男たちがうなずいた。

「権蔵たちに知られないように、聞き込みにあたらないとな」

菅井が言い添えた。

源九郎たちは、半刻（一時間）ほどしたら、この場にもどることにして別れた。

ひとりになった源九郎は来た道を引き返し、一町ほど歩いてから、目についた一膳めし屋に入った。通り沿いの家や店の多くが、表戸をしめていたが一膳めし屋は店をあけていたのだ。

源九郎は店に入り、姿を見せた親爺に、

「手間を取らせて済まぬが、ちと、訊きたいことがあるのだ」

と、声をかけた。

「何です」

親爺は源九郎が客でないと知って、無愛想な顔をした。

「この先に、板塀をめぐらせた家があるな」

源九郎が、家のある方を指差して言った。

「ありやす」

「いま、何人かの男が入るのを見たのだが、あの家はだれが住んでいるのだ」

源九郎が、声を潜めて訊いた。

「でけえ声じゃァ言えねえが、あれは、親分さんが情婦《いろ》を囲っていた家でさァ。二年ほど前に、その情婦は死んじまったが……」

親爺が、源九郎に身を寄せて言った。

「いまは、だれも住んでいないのか」

「あっしは見てねえが、女房が、また若い女が住むようになったらしいと言ってやした。親分さんが、また情婦を連れてきたんじゃァねえかな」

親爺が、口許に薄笑いを浮かべて言った。どうやら、親爺はこうした噂話が好きらしい。

「何人もの男が家に入ったのだが、妾を囲っている親分だけでなく、子分たちも寝泊まりするのか」

源九郎が訊いた。

「そうでさァ。前もそうでしたがね。あの家は妾を囲っているだけでなく、子分たちも寝泊まりしてるんでさァ。見た目よりも、大きな家でしてね。いくつも、座敷があるようですよ。……それに、賭場が近いんでさァ」

親爺によると、賭場に出入りする子分のなかにも、その家に寝泊まりしている者がいるという。

「迂闊《うかつ》に、家に近付けないな」

「あの家には、近付かない方がいいですぜ」

「そうだな」

源九郎は親爺に礼を言って、店先から離れた。

源九郎は念のため他の店に寄って、仕舞屋のことを訊いてみたが、新たなことは分からなかった。

源九郎が仕舞屋の近くにもどると、孫六と安田の姿はあったが、平太と菅井はまだ帰ってなかった。

源九郎は、平太と菅井がもどるのを待って、

「あの家は、権蔵が前から情婦を囲っていたようだ。あの家に、おゆきを連れて

きたのは間違いない」

と話し、子分たちも、寝泊まりしているようだ、と言い添えた。

「あっしも、聞きやした。稲葉と長瀬も寝泊まりしているようですぜ」

孫六が言った。

「権蔵たちは、塒を長濱屋の離れからここに替えたようだ」

安田が口を挟んだ。

「迂闊に踏み込めないな。下手をすると、返り討ちに遭う」

つづいて、菅井が言った。

次に口をひらく者がなく。その場が重苦しい沈黙につつまれたとき、

「おゆきを助け出す手は、ある」

源九郎が、語気を強くして言った。

その場にいた男たちの目が、源九郎に集まった。

「権蔵たちが、賭場へ行くために家を出たとき、踏み込めばいい」

源九郎が言うと、

「出直すのか」

菅井が訊いた。

「焦ることはない。今日のところは、長屋にもどろう」

「そうだな」

菅井が言うと、男たちがうなずいた。

第五章　襲撃

一

源九郎は久し振りに自分の家にもどり、竈で飯を炊いた。菜は梅干ししかなかったが、茶漬けにしたので旨《うま》かった。

四ツ（午前十時）ごろである。朝飯と昼飯を兼ねていたといっていい。

源九郎が飯を食べ終え、お茶を飲んでいると、戸口に近付いてくる下駄の足音がした。足音は腰高障子の向こうでとまり、

「華町、入るぞ」

と、菅井の声がした

「入ってくれ」

源九郎が声高に言うと、すぐに腰高障子があいた。菅井は慌てているようだ。

菅井は土間に入ると、源九郎の顔を見るなり、

「華町、長屋を探っている者がいるぞ」

と、昂《たかぶ》った声で言った。

「どこにいる」

源九郎は、立ち上がった。

「長屋の路地木戸の先だ」

「権蔵の子分か」

源九郎の胸に、権蔵のことが過《よ》ぎった。

「そうみていいな」

「行ってみよう」

源九郎は、部屋の隅に置いてあった刀を手にして土間へ下りた。

「こっちだ」

菅井が先に立ち、長屋の路地木戸にむかった。

菅井は路地木戸から出ると、道沿いにある店の脇に身を隠し、源九郎が近付くのを待って、

「そこに、八百屋があるな。その先の家の脇に、男がいる」

と、指を差して言った。

「いる！」

源九郎は、八百屋の先の仕舞屋《しもたや》の陰に、遊び人ふうの男がいるのを目にした。

「いま、見えるのはひとりだが、あの男の後ろに、もうひとりいるのだ」

菅井が言った。

「あそこから、長屋に出入りしている者を見張っているようだ」

「おれたちの動きを探っているのだな。おそらく、権蔵はおれたちが賭場《とば》に目をむけたことに気付いたのだ。おゆきが監禁されている家まで、おれたちがつかんだとは思っていまいが……」

菅井が言った。まだ、おゆきが監禁されていることを確かめていないが、間違いないと思い、そう言ったようだ。

「そうだな。権蔵はおゆきを監禁した家に、おれたちが気付いたことを知れば、すぐに別の家におゆきを連れていくはずだからな」

源九郎も、権蔵の隠れ家に、おゆきが監禁されているとみていたのだ。

「どうする」

菅井が訊いた。

「あのふたり、おれたちが長屋を出た後、どこへ行くか跡を尾ける気ではないか。……賭場はともかく、権蔵の隠れ家をおれたちが知っているかどうか、確かめようとしているのかもしれん」

「厄介だな。迂闊《うかつ》に動けんぞ」

「菅井、あのふたりを捕らえよう。逆に、あのふたりから、福井町の家に、おゆきが監禁されているかどうか聞けば、はっきりさせられる」

源九郎が言った。

「華町、おゆきのことだけでなく、福井町の家に、ふだん子分たちがどれほどいるかも聞けるぞ」

菅井が身を乗り出して言った。

「菅井、長屋の脇の空地を通って、あのふたりの先にまわってくれんか。ふたりで挟み撃ちにしよう」

「よし、行くぞ」

菅井は、すぐに路地木戸から長屋にもどった。長屋の脇の空地から、ふたりの男の先に出るのだ。

源九郎はその場に残り、菅井が身を隠しているふたりの向こう側にまわるのを待った。いっときすると、ふたりの男が身を隠している場から半町ほど先に、菅井が姿を見せた。菅井は、通り沿いの店の脇に身を隠すようにして、ふたりの男が身を潜めている場に近付いてくる。

源九郎は通りに出ると、できるだけふたりの男の目にとまらないように、通り沿いの店に身を寄せるようにして歩いた。

源九郎がふたりの男に近付くと、ふたりの男は戸惑うような動きを見せた後、通りに出た。源九郎に気付かれたと思い、逃げる気になったようだ。ところが、ふたりの足はすぐに止まった。前方から近付いてくる菅井の姿を目にしたらしい。

ふたりの男は路傍に足を止め、道の両側に並ぶ店や仕舞屋などに目をやった。逃げ込める場所を探したらしい。だが、逃げ込める場所はないらしく、ふたりは立ち止まったままだった。

このとき、菅井が走りだした。これを見て、源九郎も走った。菅井と源九郎は、一気にふたりの男に迫っていく。

ふたりの男は、路傍に立ったまま懐から匕首《あいくち》を取り出した。源九郎と菅井に、立ちむかう気らしい。

源九郎と菅井は、すぐに刀を抜かなかった。

ふたりの男の脇まで来たとき、源九郎が抜刀した。菅井は居合の抜刀体勢をとって、ふたりの男に近付いていく。

源九郎は年上と思われる男の前に立ち、青眼に構えてから刀を峰に返した。峰打ちにするつもりなのだ。

男も匕首を構えたが、気が昂っているせいか、切っ先が震えている。

「匕首を捨てろ！」

源九郎が声をかけた。そのとき、男の全身に殺気がはしった。

「死ね！」

叫びざま男は匕首を前に突き出し、突っ込んできた。

だが、気攻めも間合の読みもない唐突な仕掛けだった。

源九郎は一歩身を引いて、男の切っ先を躱《かわ》した次の瞬間、刀身を斜《はす》に払った。

一瞬の太刀《たち》捌《さば》きである。

源九郎の峰打ちが、男の左の二の腕をとらえた。

ギャッ！

と、悲鳴を上げ、男は手にした匕首を取り落としてよろめいた。

「動くな！」

源九郎は、切っ先を男の首筋にむけた。

この間に、菅井ももうひとりの男を仕留めていた。男の右の二の腕が血に染まり、匕首が足元に落ちている。

菅井は居合を遣うので、峰打ちにするのがむずかしい。男の右腕を斬って、匕首を落とさせたようだ。

「長屋に、連れていくぞ」

源九郎が、菅井に声をかけた。この場で、ふたりから話を聞くわけにはいかなかった。何人もの通行人が足を止めて、源九郎たちに目をむけている。

二

源九郎と菅井は、捕らえたふたりの男を長屋の源九郎の家に連れていった。おゆきがいなくなり、源九郎の家はひっそりとしていた。

捕らえた男を座敷に座らせて間もなく、孫六が姿を見せた。

「孫六、わしらが、このふたりを捕らえたのを知って来たのか」

源九郎が訊いた。

「へい、おみよが、井戸端で旦那たちの姿を見掛けやしてね。あっしに教えてくれたんでさァ」

孫六が言った。

「このふたり、権蔵の子分らしい。表の通りに身を潜めて、わしらの動きを探っていたようだ」

源九郎が言うと、

「あっしも、話を聞かせてもらいやす」

孫六は、勝手に座敷に上がってきた。

源九郎は、孫六が座敷に腰を落ち着かせるのを待ってから、

「おまえの名は」

と、年上らしい男に訊いた。

男は戸惑うような顔をしたが、

「松五郎《まつごろう》で」

と、小声で名乗った。

「松五郎。……権蔵の子分だな」

「へえ」

松五郎は、首をすくめるようにうなずいた。

源九郎は、もうひとりの小柄な男に目をむけ、

「名は」

と、訊いた。

「勝造《かつぞう》でさァ」

と、小声で名乗った。

「ふたりは長屋を見張っていたようだが、わしらの動きを探っていたのか」

源九郎が、ふたりに目をやって訊いた。

「……」

松五郎が、無言でうなずいた、勝造は、戸惑うような顔をしただけである。

「いまさら、わしらの動きを探って、どうするつもりなのだ」

源九郎が、松五郎に訊いた。

松五郎は口をつぐんでいたが、

「旦那たちを、賭場《とば》の近くで見掛けたやつがいやしてね。旦那たちが賭場に来るようだったら、仲間に連絡して途中で始末するつもりだったんで……」

と、小声で言った。

「それだけか」

「旦那たちを尾《つ》ければ、親分の塒《ねぐら》をつかんだかどうかも知れると思いやしてね」

松五郎が、首をすくめて言った。

「ところで、いま、権蔵が住んでいる福井町の家だが、あそこに、おゆきが監禁されているのだな」

源九郎が、念を押すように訊いた。

「そうでさァ」

松五郎は、すぐに答えた。そのことは、源九郎たちに知られているとみていたのかもしれない。

源九郎は、松五郎のそばから身を引き、「何かあったら、訊いてくれ」と菅井と孫六に目をやって言った。

「稲葉と長瀬だが、いつも賭場のそばの隠れ家に、親分の権蔵と一緒にいるのか」

菅井が訊いた。

「いるときが多いが、稲葉の旦那は、出かけることもありやす」

松五郎は、隠さずに話した。源九郎と話したことで、隠す気が薄れたのだろう。

「どこへ、出かけるのだ」

さらに、菅井が訊いた。

「小料理屋で」

「店の名は」

「吉野屋《よしのや》でさァ。女将《おかみ》の名が、およしでしてね」

松五郎が、薄笑いを浮かべて言った。

「その店は、どこにある」

「柳橋と聞きやした」

「柳橋のどこだ」

菅井が、畳み掛けるように訊いた。柳橋と分かっただけでは、探すのがむずかしいのだ。

「福田屋《ふくだや》ってえ、大きな料理屋の脇にありやす」

「福田屋な」

菅井は、それだけ聞けば、小料理屋は突きとめられると思ったらしく、松五郎のそばから身を引いた。

「あっしも、訊いていいですかい」

そう言って、孫六が源九郎と菅井に目をやった。

「訊いてくれ」

源九郎が言った。

「権蔵だが、長濱屋の裏手にある離れに帰《けえ》ることはねえのか」

孫六が、松五郎に訊いた。

「ありやす。……長濱屋は料理が旨《うめ》えし、女将ともできてるようだし、離れもあいたままになってやすから」

松五郎は口許に薄笑いを浮かべて言ったが、すぐに笑いが消えた。自分が今置かれている立場を思い出したのだろう。

「権蔵は金にも女にも、目がねえようだ」

そう言って、孫六は松五郎の前から身を引いた。

すると、松五郎が、源九郎たちに目をむけ、

「あっしらを、帰《けえ》してくだせえ。知ってることはみんな話しやした」

と、訴えるように言った。脇にいる勝造も、源九郎たちに頭を下げている。

「帰してもいいが、二、三日様子を見てからだな」

源九郎は、おゆきが監禁されている家や長濱屋のことで、ふたりに訊きたいことが出てくるかもしれない、と思ったのだ。

「ここで、辛抱しろ」

源九郎は、ふたりを自分の家の柱に縛り付けて監禁しておくつもりだった。その間、菅井の家で寝泊まりすることになる。

三

源九郎は菅井の家にもどり、座敷で一息ついた。

「茶を淹《い》れたいが、その前に湯を沸かさないとな」

菅井はそう言って立ち上がり、土間の脇の流し場に行こうとした。

「菅井、茶はいい。それより、今後のことを相談したい」

源九郎が言った。

「そうだな」

菅井は座りなおした。

「どこから、手をつける」

源九郎が訊いた。

「稲葉を先に討つか。柳橋にある福田屋という料理屋のそばの小料理屋に、情婦《いろ》がいるようだ。稲葉が小料理屋に姿を見せたときに、討てるぞ」

「それも手だが、先におゆきを助けたい」

「おゆきを助けるなら、権蔵たちが賭場へ出かけたときに、おゆきが監禁されている家に踏み込めばいい」

「賭場へ出かけるときは、権蔵の子分たちも、稲葉と長瀬もいなくなる。そのときなら、おゆきを助け出せるな」

源九郎が、身を乗り出すようにして言った。

「その前に、まず、おゆきのいる部屋と、子分たちがどれほど残っているか、探った方がいいぞ。……おゆきを人質にでも取られたら、助け出すのが難しくなる」

菅井が言った。

「よし、まず、おゆきのいる家を探ろう」

源九郎も、迂闊におゆきが監禁されている家に踏み込めないと思った。失敗は許されないのだ。

「華町、権蔵たちが寝泊まりしている家に出入りしている者に訊いてみるか。……子分でもいいが、下働きの者にでも、それとなく訊けば、おれたちが探っていると気付かれずに済むのではないか」

「そうだな」

源九郎も、おゆきを助け出すまでは、権蔵たちに知られたくないと思った。

翌日、八ツ（午後二時）ごろ、源九郎、菅井、安田、孫六、平太の五人は、伝兵衛店を出た。むかった先は、福井町である。おゆきが監禁されていると思われる権蔵の隠れ家を探るのだ。そして、おゆきがいることが知れ、助け出せるようだったら、踏み込んで助け出すつもりだった。

八ツごろになってから長屋を出たのは、権蔵たちが賭場へ行くために隠れ家を出てから、探るつもりだったからだ。

源九郎たちは、賑やかな両国広小路から柳橋に出て、さらに福井町にむかった。すでに、何度も行き来していたので、その道筋は分かっている。

源九郎たちは、遠方におゆきが閉じ込められている仕舞屋が見えてきたところで、足を止めた。

「権蔵たちは、賭場にむかったかな」

源九郎が言った。

「あっしが、様子を見てきやしょう」

孫六が、その場を離れた。孫六は岡っ引きの経験があるので、こうしたことに慣れている。

孫六は通行人を装って仕舞屋の前まで行くと、すこし歩調を緩めたが、そのまま通り過ぎた。そして、いっとき歩いてから足を止め、踵《きびす》を返して源九郎たちのいる場にもどってきた。

「どうだ、様子は」

すぐに、源九郎が訊いた。

「家のなかに、何人もの男がいるようですぜ。親分と呼ぶ声も、聞こえやした」

孫六はそう言って、源九郎たち四人に目をやった。

「権蔵や子分たちは、まだ、あの家にいるということか」

源九郎が言った。

「権蔵たちが、出るのを待つしかないな」

源九郎の脇にいた菅井が、口を挟んだ。

「どこで、待つ」

源九郎は、周囲に目をやった。身を隠せる場所を探したのだ。

「その小屋の陰はどうだ」

菅井が指差した。少し離れた路傍に、朽ちかけた小屋があった。近所の家の物置だったのかもしれない。

源九郎たちは、物置の陰に身を隠した。

それから、小半刻（三十分）も経ったろうか。

「出てきやした！」

孫六が、仕舞屋を指差して言った。

戸口の格子戸があき、権蔵の子分と思われる遊び人ふうの男が、数人出てきた。つづいて、稲葉と長瀬。その後から、権蔵が姿をあらわした。さらに、権蔵の後から、数人の男が出てきた。おそらく、代貸や壺振りなどもいるのだろう。

「賭場へ、行くようですぜ」

孫六が小声で言った。

「そうらしいな」

源九郎は、戸口に出てきた権蔵たちに目をやっている。

権蔵たちは、戸口から離れた。遊び人ふうの男がふたり、その場に残って、権蔵たちを見送っている。

ふたりの男は権蔵たちの姿が遠ざかると、踵を返して家のなかに入った。いつも、そうして権蔵たちを見送っているようだ。

「踏み込みやすか」

孫六が、源九郎に目をやって訊いた。

「家のなかの様子をつかんでからだ。おゆきが、どこにいるかも分かっていないし、子分たちが何人いるかも分からない。何とか、家のなかの様子を知りたいが……」

「家に、忍び込みやすか」

孫六が身を乗り出して言った。

「焦ることはない。権蔵たちがもどるまでには、間がある。すこし、待とう。話の訊けそうな者が出てくるかもしれん。……出てこなければ、親分の使いで来たとでも言って、子分をひとり連れ出せばいい」

源九郎が言うと、その場にいた男たちがうなずいた。

四

源九郎たちが物置の陰に身を隠して、いっときすると、家の戸口に目をやっていた安田が、

「家の脇からだれか出てきたぞ」

と、指差して言った。

見ると、家の脇からすこし腰のまがった男が、ひとり出てきた。年寄りである。下働きかもしれない。

「わしが、訊いてみる」

源九郎は、男が賭場とは反対方向に歩きだすのを見てから、物置の陰から通りに出た。源九郎は男に追いつくと、男の脇にまわり、

「いま、そこの家から出てきたな」

と、笑みを浮かべて言った。

「へ、へい。あの家で、下働きをしてやす」

男が、強張《こわば》った顔で言った。相手が腰に二刀を帯びた武士なので、不安になったらしい。

「実はな。わしの知り合いの娘が、遊び人に騙されて連れていかれたのだ。この近くに住む者から聞いたのだが、それらしい娘が、あの家にいるらしい」

源九郎が、声をひそめて言った。

すると、男は戸惑うような顔をし、

「あ、あっしは、下働きをしているだけで、娘とは何のかかわりもねえ」

と、うわずった声で言った。体が震えている。

「いや、爺さんが、かかわりのないことは承知している。わしが訊きたいのは、娘があの家にいるかどうかだ」

源九郎が、穏やかな声で言った。

「い、いやす」

「そうか。……あの家の一階の部屋にいるのか」

源九郎は、おゆきが閉じ込められている部屋を知りたかった。

「二階でさァ。階段を上がって、すぐの部屋で」

「二階か」

「へい」

男の顔から戸惑うような表情が消え、物言いも平静になってきた。自分に危害が及ぶことはない、と思ったのだろう。

「あの家には、親分の子分が大勢いるのではないか」

さらに、源九郎が訊いた。

「いやす」

「ふだん、何人ぐらいいるのだ」

「親分がいるときは、十二、三人いまさァ」

「大勢いるな」

権蔵が賭場へむかうとき、稲葉と長瀬をくわえて、七、八人の供がいるので、家に残るのは、五、六人であろうか。人数はともかく、たいした戦力ではない。武士である稲葉と長瀬が権蔵と一緒に家を出るので、残るのは権蔵の手下だけである。

「いやァ、手間を取らせた。……娘の顔を見るのも、難しいようだ」

源九郎はそう言って、足を止めた。

源九郎は菅井たちのいる場にもどると、下働きの男から聞いたことを話し、

「今なら、おゆきを助け出せそうだ」

と、言い添えた。

「やるか」

菅井が言うと、その場にいた男たちがうなずいた。

源九郎たちは、その場で二手に分かれた。源九郎、菅井、孫六の三人が家の表から、安田と平太が背戸から踏み込むことになった。

源九郎たちが、おゆきが監禁されている家の前まで行くと、

「裏手にまわるぞ」

安田がそう言って、平太とふたりで家の脇から裏手にむかった。

源九郎、菅井、孫六の三人は、表の戸口に近付いた。家の出入り口は、洒落《しやれ》た格子戸になっている。

格子戸の前まで行くと、家のなかから男の話し声が聞こえた。戸口近くに、権蔵の子分がいるらしい。

「あけやすぜ」

孫六が声をひそめて言い、格子戸をあけた。

敷居の先は土間になっていて、その先の座敷に、ふたりの男がいた。権蔵の子分らしい。ふたりは座敷に胡座《あぐら》をかいて何やら話していたが、

「てめえたちは、伝兵衛店のやつらだな！」

大柄な男が、源九郎たちを見るなり叫んだ。源九郎たちのことを知っているらしい。

すかさず、源九郎と菅井が座敷に踏み込み、それぞれ刀の柄《つか》に手を添え、抜刀体勢をとった。

大柄な男が立ち上がり、懐から匕首を取り出した。そして、腰を屈めて身構えたが、手にした匕首が震えている。興奮と恐怖で、体が硬くなっているのだ。

もうひとりの長身の男も匕首を手にしたが、及び腰になっていた。

源九郎は、大柄な男に迫った。そして、男に切っ先をむけたとき、

「殺してやる！」

男が叫びざま、匕首を前に突き出すように構えてつっ込んできた。

咄嗟《とっさ》に、源九郎は右に体《たい》を寄せざま刀を袈裟《けさ》に払った。一瞬の太刀捌きである。

男の匕首は空を突き、源九郎の切っ先は男の首をとらえた。

男の首から血が噴出し、辺りに飛び散った。男は血を撒《ま》きながらよろめき、足が止まると、その場に崩れるように倒れた。

男は畳に俯《うつぶ》せに倒れ、わずかに四肢を動かしていたが、首を擡《もた》げることもでき

なかった。いっときすると、男はぐったりとなった。絶命したようである。

一方、菅井は、長身の男と対峙《たいじ》していた。菅井は居合の抜刀体勢をとり、長身の男は匕首を前に突き出すように構えている。

そのとき、長身の男は源九郎に斬られて血塗《ちまみ》れになっている仲間を目にし、顔に恐怖の色が浮いた。

「そこをどけ！」

叫びざま、男は菅井の脇を通って逃げようとした。

「逃がさぬ！」

叫びざま、菅井が抜刀した。

居合の一瞬の抜き打ちだった。菅井の腰の辺りから閃光《せんこう》が袈裟にはしった。

長身の男は身をのけ反らせ、呻《うめ》き声を上げてよろめいた。肩から胸にかけて斬り裂かれ、血が迸《ほとばし》り出た。

男は足が止まると、俯せに倒れた。首をわずかに擡げて呻き声を上げたが、すぐに力尽きてぐったりとなった。

源九郎は菅井が男を仕留めたのを目にし、

「そこに、階段がある」

と言って、指差した。

座敷の右手が板間になっていて、二階に上がる階段があった。

五

源九郎、菅井、孫六の三人は、階段を上がった。

廊下沿いに、障子がたててあった。二部屋あるらしい。廊下の突き当たりが狭い板間になっていて、その先にも襖がたててあった。そこにも、部屋があるようだ。

「だれか、いるぞ」

菅井が小声で言った。

手前の部屋から、人声が聞こえた。男の声である。二、三人いるらしい。

源九郎は、抜き身を手にしたまま足音を忍ばせて進んだ。そして、手前の部屋の前まで来たとき、いきなり障子があいて、男がふたり廊下に飛び出してきた。

障子の向こう側にも、人のいる気配がする。

廊下に飛び出してきた男は、ふたりとも匕首を手にしていた。権蔵の子分らしい。

「命が惜しかったら、そこをどけ！」

源九郎が声を上げた。

「殺してやる！」

叫びざま、源九郎の前に立った男が、匕首を前に突き出すように構えて踏み込んできた。咄嗟に、源九郎は手にした刀身を袈裟に払った。

甲高い金属音とともに、男の手にした匕首が弾き飛ばされ、男はその場に棒立ちになった。

すかさず、源九郎は二の太刀を放った。神速の太刀捌きである。

ザクリ、と男の肩から胸にかけて、小袖が裂けた。男の傷口から血が飛び散り、腰から崩れるように倒れた。深い傷である。

これを見たもうひとりの男は、恐怖に顔をしかめ、座敷に逃げ込んだ。

源九郎は逃げた男にかまわず、

「奥だ！」

と、そばにいた菅井と孫六に声をかけて、奥の部屋にむかった。

廊下の突き当たりの襖をたてた部屋で、かすかに衣擦《きぬず》れの音がした。だれかいるらしい。源九郎は襖の前に立つと、

「おゆきか」

と、声をかけた。

すぐに、返事がなかった。ただ、襖に近付いてくる衣擦れの音がした。

「おゆき、わしだ。伝兵衛店の華町だ」

源九郎が、さらに声をかけた。

すると、襖の向こうから、

「は、華町さま！」

と、女の涙声が聞こえた。おゆきの声である。

源九郎は襖をあけた。目の前に、おゆきが立っていた。おゆきは、源九郎の顔を見ると、何か言いかけたが声にならず、呻くような泣き声が口から洩《も》れ、涙が頰をつたった。

「おゆき、もう大丈夫だ。長屋のみんなが、助けに来たからな」

源九郎が、脇に立った菅井と孫六に目をやって言った。

源九郎たち三人は、おゆきを連れて廊下を階段のある方へむかった。途中、子分たちのいる部屋の前を通ったが、子分たちは姿を見せなかった。源九郎と菅井のことを知っている者がいて、手を出すと、斬られると思ったのかもしれない。

源九郎たちは階段を下りて、戸口から外に出た。裏手にまわった安田と平太の姿は、なかった。

「あっしが、呼んできやす」

そう言って、孫六が裏手にまわった。

いっときすると、孫六が安田と平太を連れてもどってきた。ふたりは、源九郎のそばに立っているおゆきの姿を目にすると、

「おゆき、無事か」

安田が、ほっとした顔をして言った。

「は、はい、みなさんの御陰です」

おゆきの頰に、涙がつたった。

「長居は無用。急いで、長屋にもどろう」

源九郎がそう言って、先にたった。

源九郎たちは神田川沿いの通りに出て、柳橋の方に足をむけた。そして、神田川にかかる柳橋を渡り、賑やかな両国広小路を経て伝兵衛店にもどった。

源九郎たちは、おゆきと共に源九郎の家に腰を落ち着けると、

「湯を沸かして、茶を淹れよう」

そう言って、源九郎が流し場に行こうとした。

すると、おゆきが立ち上がり、

「わたしが、やります」

と言って、流し場の脇にある竈の前に立った。湯を沸かすつもりらしい。

おゆきが竈に火を焚《た》き付けていると、戸口に近付いてくる何人もの足音が聞こえた。足音は、腰高障子の向こうでとまり、

「華町の旦那、おゆきさんが、帰ってきたの」

と、お熊の声がした。

大勢の下駄の音や女房連中の話し声が聞こえた。戸口のまわりに、長屋の住人たちが集まっているようだ。

どうやら、源九郎たちが長屋の路地木戸から家に入るまでの間に、顔を合わせた長屋の女房や子供たちが、住人たちに触れまわったらしい。

「帰ってきたぞ」

源九郎は、返事してから腰を上げた。

腰高障子をあけると、思ったとおり長屋の女房連中や子供たちが、夕闇のなかに集まっていた。

源九郎が戸口から出ると、

「おゆきさんは、無事かい」

すぐに、お熊が訊いた。

「無事だ。これも、みんなの御陰だ」

源九郎が、集まっている者たちに聞こえる声で言った。本心だった。おゆきを助け出したのは源九郎たちだが、長屋の住人たちが陰で協力してくれなければ、留守にして出歩くこともできなかっただろう。

「よかった。ほっとしたよ」

お熊が言うと、あちこちから、「みんな、無事だって」「よかったね」などという声が聞こえた。

どうやら、長屋の住人たちも、おゆきが無事に帰るのを待っていたらしい。

六

源九郎は長屋の住人たちが帰ると、座敷にもどった。そして、源九郎はおゆきが淹れてくれた茶を飲みながら、

「これで、始末がついたわけではないぞ」

と、声をあらためて言った。

「そうだな。権蔵も、顔を潰されたと思い、このままにしておかないだろう」

菅井が言うと、つづいて孫六が、

「また、長屋を襲いやすかね」

と言って、男たちに目をやった。

おゆきはひとり、流し場で洗い物をしていた。男たちにくわわって話すのは、気が引けるのだろう。

「襲うな。……これまでと違って、明け方か夕方、おれたちが油断しているときを狙って、踏み込んでくるかもしれん」

源九郎が言った。

「おれも、そう見る。権蔵たちはおれたちを何度か襲って、失敗しているからな。別の手を打ってくるはずだ」

菅井が言うと、安田がうなずいた。

次に口をひらく者がなく、座敷が重苦しい沈黙につつまれたとき、

「わしらが、先手を打とう」

源九郎が言うと、座敷に集まっていた男たちが顔をむけた。

「どうするのだ」

菅井が訊いた。

「権蔵が、賭場に出かけたところを狙って討つのだ。権蔵さえ討ち取れば、長屋を襲うことも、おゆきに手を出すこともできなくなる」

「それで、いつ、やる」

「やるなら、早い方がいい。……どうだ、明日は」

「明日だと」

安田が、驚いたような顔をして言った。座敷にいた菅井、孫六、平太の三人も、湯飲みを手にしたまま源九郎を見つめている。

「賭場の帰りを狙う」

源九郎が言った。

「稲葉と長瀬がいるぞ」

菅井の顔には、戸惑うような色があった。

「物陰から飛び出して、権蔵の一行を奇襲するのだ。……菅井と安田に、稲葉と長瀬を頼む。わしが、権蔵を斬る」

珍しく、源九郎が語気を強くして言った。

次に口をひらく者がなく、座敷が重苦しい沈黙につつまれると、

「菅井と安田は、すこし時を稼いでくれ。わしが、権蔵を討つまでの間だ」

さらに、源九郎が言った。

菅井と安田は、まだ黙っていた。おそらく、近くに権蔵の子分たちもいるので、稲葉と長瀬の動きをとめておくのも容易ではないと思ったのだろう。

「わしが、先に物陰から飛び出し、権蔵に迫って斬る」

源九郎が言った。

すると、戸惑うような顔をしていた菅井が、

「やろう」

と、語気を強くして言った。

「おれもやる」

安田がつづいた。

「いいだろう。……権蔵たちも、明日、おれたちに襲われるとは、思っていまい」

菅井が言うと、安田、孫六、平太の三人がうなずいた。菅井たち四人の顔が、引き締まっている。

その夜、源九郎はおゆきを自分の家に残し、いつものように菅井の部屋で寝た。源九郎は、権蔵を討ち、おゆきを拉致《らち》される心配がなくなったら、薬研堀にある小鈴に帰そうと思っていた。思いどおりにゆけば、おゆきが源九郎の家で寝起きするのも、あと二、三日であろう。

翌日、八ツ（午後二時）ごろ、源九郎、菅井、安田、孫六、平太の五人は、茂次と三太郎におゆきのことを頼んで、伝兵衛店を出た。

すでに、源九郎たちは、権蔵が稲葉と長瀬、それに子分たちを連れて賭場にむかうのは、何時ごろか知っていた。

源九郎たちは、柳橋を経て福井町に入った。そして、権蔵の隠れ家である仕舞屋が見えてきたところで路傍に足を止めた。

源九郎たちは、権蔵がどれほどの子分たちを連れて賭場にむかうか、見ておくつもりだった。そして、賭場からの帰りを狙って襲うのだ。

源九郎たちが路傍の樹陰に身を隠していっときすると、

「出てきやした！」

平太が昂った声で言った。

仕舞屋の戸口から権蔵の子分たちが五、六人姿をあらわし、つづいて代貸や壺振りと思われる男、そして、稲葉と長瀬、最後に権蔵が姿を見せた。

「これまでと、人数はあまり変らんな」

源九郎は、子分がひとりかふたり増えただけだろう、と思った。ただ、子分の人数より、油断ができないのは、稲葉と長瀬である。

権蔵たちはふたりの男に見送られて、仕舞屋から離れた。一行は、十二人いた。ただ、代貸や壺振りは、賭場に残してくるので、帰りの人数はすくなくなるはずだ。

源九郎は権蔵たちが遠ざかったところで、

「尾けるぞ」

と、菅井たちに声をかけ、通りに出た。

源九郎たちは、権蔵たちが振り返っても気付かないだけの距離をとって歩いた。権蔵たちの行き先も、暗くなってから帰ることも分かっていたのだ。

七

源九郎たち五人は、賭場から一町ほど離れた椿の樹陰に身を隠した。そこは、以前源九郎たちが身を隠した場所である。

辺りは、薄暗くなっていた。ときどき、賭場へむかうらしい遊び人ふうの男や職人などが通りかかった。

「様子を見てきやしょうか」

孫六が言った。

「いや、ここで待とう。権蔵たちは、間違いなくここを通る。他に、帰りの道はないはずだ」

源九郎が、近くにいた菅井たちにも聞こえる声で言った。

そうしている間にも、賭場に来たと思われる男たちが、ひとり、ふたりと通り過ぎていった。

それから、どれほどの時が流れたのか。通りの先に目をやっていた平太が、

「来やした！」

と、声を上げた。

目をやると、通りの先に権蔵たちの一行が見えた。来たときよりも、わずかに人数がすくなくなっている。代貸や壺振りは、賭場に残ったのだろう。

「孫六と平太は、手を出すな。権蔵が逃げたら、跡を尾けて行き先を突きとめて

くれ」

源九郎が、念を押すように言った。源九郎は、孫六と平太が下手に手を出すと、子分たちに殺されるとみたのだ。

「承知してやす」

孫六が言うと、平太がうなずいた。

権蔵たちの一行は、しだいに近付いてきた。子分が四人先にたち、つづいて稲葉と権蔵、ふたりの背後に長瀬と子分が三人ついている。

権蔵たち一行は、しだいに近付いてきた。行くときより、すこし足どりが速いようだ。おゆきを連れ去った源九郎たちを警戒しているのかもしれない。

「来るぞ！」

源九郎は小声で言い、刀の鯉口《こいぐち》を切った。

菅井と安田も、抜刀体勢をとった。孫六と平太は少し引いて、近付いてくる権蔵たち一行を見据えている。

権蔵たちが目の前に迫ったとき、源九郎は刀を抜いた。つづいて、安田も抜いた。菅井は抜刀体勢をとっている。

源九郎は菅井と安田に顔をむけて、「行くぞ」と小声で言い、抜き身を手にしたま飛び出した。

安田と菅井がつづいた。孫六と平太は、その場に残っている。

「伝兵衛店のやつらだ！」

権蔵の前にいた子分のひとりが叫んだ。

「親分を守れ！」

別の子分の声で、権蔵の子分たちが一斉に動き、権蔵を取り巻くように立った。稲葉と長瀬も権蔵のそばに立ち、抜刀体勢をとっている。

源九郎は子分たちの動きにかまわず、権蔵に迫った。菅井と安田がつづく。

権蔵の前にいた子分のひとりが、源九郎の前に立ち塞がり、

「殺してやる！」

と、叫んで、手にした匕首を源九郎にむけた。

「そこを、どけ！」

源九郎は叫びざま、いきなり子分の前に踏み込み、刀を振り上げて袈裟に振り下ろした。一瞬の太刀捌きである。

咄嗟に、子分は源九郎の斬撃を躱《かわ》そうとしたが間に合わず、肩から胸にかけて切り裂かれた。

子分は呻き声を上げて、よろめいた。

これを見た長瀬が、

「華町！　おれが相手だ」

と叫びざま、源九郎の前にまわり込んできた。

権蔵は目の前で子分が斬られたのを見ると、源九郎から逃げようとして前に立った長瀬からも間を置いた。

すると、源九郎と権蔵の動きを見た安田が、

「長瀬、おれが相手だ！」

と叫び、源九郎の脇から前に出て長瀬に切っ先をむけた。

「おおっ！」

長瀬が声を上げ、手にした刀を八相に構えた。

源九郎は、長瀬が八相に構えて安田に体をむけた一瞬の隙をとらえた。源九郎は長瀬の脇から踏み込んで、権蔵に迫り、

「逃がさぬ！」

と、声を上げ、踏み込みざま刀身を横に払った。素早い太刀捌きである。

源九郎の切っ先が、振り返った権蔵の頰から顎《あご》にかけて斬り裂いた。その傷口

から、血が流れ出た。だが、皮肉を裂いただけだった。浅手である。権蔵は一瞬棒立ちになって目を剝《む》いていたが、すぐに反転して逃げようとした。

そのとき、権蔵の脇にいた子分のひとりが、源九郎の前に立ち塞がり、

「殺してやる!」

と叫び、手にした匕首で斬りかかってきた。

源九郎は身を引いて、子分の匕首を躱すと、

「どけ!」

と怒鳴った。

子分は目をつり上げ、必死の形相をしたまま後じさったが、依然として源九郎の行く手を塞いだままである。

「どかぬか!」

叫びざま、源九郎は踏み込んで刀身を横に払った。素早い太刀捌きである。

源九郎の切っ先が、子分の首をとらえた。

子分の首から血が飛び散った。子分は血を撒きながらよろめき、足が止まると、腰から崩れるように倒れた。

権蔵は、よろめきながら逃げていく。

源九郎は、権蔵の跡を追った。

すぐに、源九郎は権蔵の背後に迫った。権蔵は逃げ足が遅かった。頬を斬られたこともあり、気が異常に昂って体が硬くなっているらしい。

そのとき、権蔵が爪先を何かにひっかけてよろめいた。すると、一緒に逃げていた子分のひとりが、権蔵を背にして立ち塞がり、

「親分、逃げてくれ！」

と叫び、手にした匕首を源九郎にむけた。

「どけ！」

源九郎は踏み込みざま、手にした刀を袈裟に払った。

咄嗟に、子分は源九郎の斬撃を受けようとして匕首を振り上げたが、間に合わなかった。子分の肩から胸にかけて小袖が裂け、露《あらわ》になった肌に血の線がはしった。次の瞬間、傷口から血が迸り出た。

子分は喉の裂けるような悲鳴を上げ、血を撒きながらよろめいた。そして、足が止まると、その場に俯せに倒れた。

源九郎は倒れた子分にかまわず、権蔵に迫ると、背後から権蔵の心ノ臓を狙っ

て刀を突き刺した。

切っ先が、権蔵をとらえた。

権蔵は身をのけ反らせ、喉を裂かれたような絶叫を上げた。

源九郎が刀身を引き抜くと、権蔵の背から血が激しく飛び散った。

権蔵は血を撒きながらよろめき、足が止まると、地面に俯せに倒れた。権蔵は身を起こそうともせず、四肢を痙攣《けいれん》させていたが、いっときすると動かなくなった。

源九郎は地面に横たわっている権蔵に目をやり、

「死んだ」

と、血刀を引っ提げたまままつぶやいた。

八

安田は長瀬と対峙していた。

安田は青眼に、長瀬は八相に構えていた。長瀬の刀身が、小刻みに震えている。気が昂っているらしい。

このとき、長瀬は権蔵が倒れているのを目の端でとらえ、一瞬、戸惑うような

表情を見せたが、

「死ね！」

と叫びざま、仕掛けた。

長瀬は踏み込みざま、刀を八相から袈裟に振り下ろした。

咄嗟に、安田は身を引き、青眼の構えから長瀬の右腕を狙って突くように斬り込んだ。素早い反応である。

長瀬の刀は安田の胸の辺りをかすめて空を切り、安田の切っ先は、長瀬の右の前腕を斬り裂いた。

次の瞬間、長瀬と安田は、背後に跳んで相手との間合をとった。ふたたび、安田は青眼に、長瀬は八相に構えをとった。

長瀬の右の前腕から、血が赤い筋になって流れ落ちた。長瀬の右肩に落ち、小袖を赤く染めた。

「長瀬、勝負あったぞ」

安田が声をかけた。

「まだだ！」

長瀬は、八相に構えたまま一歩踏み込んだ。

安田は身を引かなかったので、ふたりの間合が一気に狭まった。斬撃の間境まで、あと一歩――。

そのとき、長瀬の全身に斬撃の気がはしった。

咄嗟に、安田は半歩引いた。

タアアッ！

甲走った気合を発し、長瀬が斬り込んできた。

八相から袈裟へ――。

長瀬の切っ先が、安田の肩先をかすめて空を切った。

すかさず、安田が刀身を袈裟に払った。その切っ先が、前に伸びた長瀬の右の前腕をとらえた。

ザクリ、長瀬の前腕が裂けた。長瀬は刀を取り落とし、その場に棒立ちになった。間髪を容れず、安田が二の太刀を放った。

真っ向へ――。

安田の切っ先が、長瀬の額をとらえた。

鈍い骨音がした次の瞬間、長瀬の額から血が飛び散った。

長瀬は血を撒きながらよろめき、足が止まると、朽ち木が倒れるようにその場にくずれおちた。

地面に仰向けに倒れた長瀬は、悲鳴も呻き声も上げなかった。かすかに、唇が動いていたが、いっときすると動かなくなった。即死といっていい。

一方、菅井は安田からすこし離れた場で稲葉と対峙していた。

菅井は居合の抜刀体勢をとり、稲葉は青眼に構え、切っ先を菅井の目にむけていた。

ふたりの間合は、およそ二間――。

真剣勝負の立ち合いの間合としては近い。菅井が刀を抜いていないため、刀身の分だけ間合が狭くなっていると言っていい。

……遣い手だ！

菅井は胸の内で声を上げた。

稲葉の青眼の構えには隙がない上に、切っ先が菅井の眼前に迫ってくるような威圧感があった。

だが、菅井は身を引かなかった。全身に気魄《きはく》を漲《みなぎ》らせ、斬撃の気配を見せて稲葉を攻めている。

稲葉も菅井が遣い手とみたらしく、すぐには仕掛けなかったが、斬られた長瀬が倒れているのを目にすると、

「いくぞ！」

と声をかけ、青眼に構えたまま間合を狭めてきた。

対する菅井は、動かなかった。居合で抜刀したとき、切っ先が稲葉にとどく間合に入るのを待っている。

……あと、半間！

菅井が、居合で抜きつける間合まで半間と読んだときだった。

ふいに、稲葉の寄り身がとまった。このまま斬撃の間合に入ると、菅井の居合の一太刀を浴びるとみたのかもしれない。

稲葉は全身に斬撃の気配を見せ、スッと、右足を半歩踏み込んだ。斬り込むと見せた誘いである。居合は抜きつけの一撃に勝負をかける、と稲葉は知っていて、菅井に遠間《とおま》から斬り込ませようとしたのだ。

ツッ、と菅井は右足をわずかに前に出したが、刀を抜かなかった。稲葉の誘いに乗ったように見せたのだ。

イヤアッ！

稲葉が裂帛の気合を発して、斬り込んだ。遠間からの仕掛けである。

青眼から真っ向へ――。

切っ先が、菅井の肩先をかすめて空を切った。

すかさず、菅井が抜刀した。

刀身の鞘走《さやばし》る音とともに、閃光が袈裟にはしった。

咄嗟に、稲葉は身を引いたが、間に合わなかった。ザクッ、と稲葉の右袖が裂けた。そして、露になった右の二の腕に血の線がはしった。

稲葉は驚いたような顔をして身を引いた。菅井がこれほどの遣い手とは思っていなかったのだろう。

だが、稲葉はすぐに青眼に構えると、

「居合が抜いたな」

そう言って、口許に薄笑いを浮かべた。菅井が刀を抜いたので、居合は遣えないとみたのだろう。

稲葉は、菅井との間合を狭め始めた。

菅井は、刀身を鞘に納めるために素早く身を引いた。

すかさず、稲葉は足を速め、菅井との間合をつめようとした。だが、その足はすぐに止まった。近付いてくる源九郎の姿を目にしたのだ。

稲葉は戸惑うような顔をしたが、

「勝負は、預けた！」

と、菅井に声をかけ、抜き身を手にしたまま反転して走りだした。菅井と源九郎のふたりでは、敵《かな》わないとみたようだ。

「待て！」

菅井が稲葉の跡を追ったが、すぐに足が止まった。

稲葉の逃げ足が速かったこともあるが、追いついても、走りながら居合で抜刀して斬りつけるのはむずかしいのだ。

「逃げられたよ」

菅井が、そばにきた源九郎に言った。

「稲葉は遣い手だが、逃げ足も速いな」

源九郎はそう言った後、

「いずれまた、稲葉と勝負するときもあろう」

と、つぶやいた。

そこへ、安田、孫六、平太の三人が近付いてきた。

「上出来ですぜ。稲葉には逃げられたが、権蔵をはじめ、長瀬や子分たちを討ち取ったんだ」

孫六が、通りに横たわっている権蔵や長瀬たちに目をやって言った。

「長居は無用」

源九郎が、菅井たちに声をかけた。

菅井たち四人は源九郎の後につづき、その場から足早に離れた。

第六章　別れ

一

菅井は源九郎の前に腰を下ろすと、

「華町、このところ将棋を指してないな」

そう言って、膝先の湯飲みに手を伸ばした。

菅井と源九郎がいるのは、伝兵衛店の菅井の家だった。源九郎たちは、おゆきを助け出し、おゆきを拉致《らち》したやくざの親分の権蔵や主だった子分たちを討ち取ったが、まだ用心棒の稲葉が残っていた。

源九郎たちは稲葉を討ち取るまでは、始末がつかないと思い、おゆきを小料理屋の小鈴に帰さず、長屋の源九郎の家で匿《かくま》っていた。それで、源九郎は菅井の家で寝泊まりしていたのだ。

「将棋を指す気にはなれんな」

源九郎が言った。

菅井は無類の将棋好きだった。暇さえあれば、源九郎の家に将棋盤と駒、それに握りめしを入れた飯櫃《めしびつ》を持って姿を見せた。握りめしを食べながら将棋を指すのを楽しみにしていたのだ。

ところが、おゆきが源九郎の家に住み、源九郎は菅井の家で寝泊まりするようになったのだが、あまり将棋は指さなかった。金額はともかく、おゆきから金を貰い、おゆきの身を守る約束をしていた。それで、おゆきの目のあるところで、将棋は指しにくかったのだ。それでも、たまに指すことはあった。

「そうか。……おゆきの目の届くところで、将棋を指すのは気が引けるからな」

菅井が、肩を落として言った。

「残るのは、稲葉ひとりだ。……稲葉さえ討ち取れば、夜通し、将棋を指してもいいぞ」

「夜通しだと！」

菅井が身を乗り出し、

「華町、忘れるなよ。夜通しだぞ」

と、語気を強くして言った。

「ああ、夜通し付き合ってやる」

源九郎は、こうやって連日、菅井に世話になっているのだから、一晩くらい、夜が明けるまで付き合ってやってもいい、と思った。

そのとき、戸口に近付いてくる足音がした。ふたりらしい。足音は、戸口の腰高障子の向こうでとまり、

「いやすか！　孫六と平太でさァ」

と、孫六の声がした。

「いるぞ。入ってくれ」

菅井が言った。

すぐに、腰高障子があき、孫六と平太が土間に入ってきた。

「知れやしたぜ！　稲葉の居所が」

孫六が、菅井と源九郎の顔を見るなり言った。

「どこにいた」

源九郎が訊《き》いた。

孫六と平太は、逃げた稲葉の居所を探るために柳橋に出かけていたのだ。

「柳橋でさァ」

孫六が声高に言った。

「柳橋のどこだ」

「福田屋の近くにある小料理屋の吉野屋です」

それまで、黙っていた平太が、声高に言った。

「吉野屋にいたか」

源九郎は、稲葉の情婦《いろ》のおよしが、柳橋にある福田屋という料理屋の脇にある小料理屋の女将であることを聞いていた。

そのことは、孫六と平太も知っていたので、吉野屋を探りにいったようだ。

「どうしやす」

孫六が、源九郎と菅井に目をむけて訊いた。

「稲葉を斬る」

源九郎が語気を強くして言うと、

「おれも行く」

菅井が身を乗り出した。

　「これから行きやすか」

　菅井がうなずいた。

「行こう」

　源九郎が言うと、菅井がうなずいた。

　四ツ半（午前十一時）ごろだった。途中、どこかで昼飯を食ってから、柳橋へむかえばいい、と源九郎は思った。

　源九郎たち四人は伝兵衛店を出ると、竪川沿いの通りを経て、南本所元町《もとまち》に入った。そして、賑やかな両国広小路に出て柳橋を渡った。

　源九郎は柳橋のたもと近くにあった一膳めし屋を目にし、

「どうだ、そこの店で、腹拵《はらごしら》えをしていくか」

　と、菅井たちに声をかけた。

「いいな」

　菅井が言った。そばにいた孫六と平太もうなずいた。

　源九郎たちは一膳めし屋に入ると、飯と菜だけを頼んだ。これから、稲葉を討たねばならないので、酒は控えたのである。

　源九郎たちは腹拵えをして一膳めし屋を出ると、神田川沿いの道を西にむかった。いっとき歩くと、先にたって歩いていた孫六が神田川の岸際に足を止め、

「その二階建ての店が、福田屋でさァ」

と言って、通り沿いの店を指差した。

料理屋にしては、大きな店だった。店をひらいているらしく、入口に暖簾《のれん》が出ていた。

「福田屋の脇にある店が、吉野屋か」

源九郎が訊いた。

福田屋の脇といっても細い道を隔てたところで、そこに小料理屋らしい店があった。間口は狭いが、二階もある。

「そうで」

孫六がうなずいた。

「吉野屋も、店をひらいているようだ」

源九郎が、店先に暖簾が出ている、と小声で言い添えた。

二

源九郎、菅井、孫六、平太の四人は、通りの邪魔にならないように神田川の岸際に立って、吉野屋に目をやっていた。

その場に立って、半刻（一時間）も経ったろうか。吉野屋の脇の細い道から、若い男がふたり、通りに出てきた。腰切半纏《こしきりばんてん》に、黒股引《ももひき》姿だった。職人ふうである。

「客ですぜ」

孫六が言った。

「ふたりに、訊いてきやす」

平太は、すぐにふたりの男の跡を追った。

源九郎たち三人は、岸際に立ったまま平太の後ろ姿に目をやっていた。

平太はふたりの男に追いつくと、いっとき何やら話しながら歩いていた。そして、足を止めて踵《きびす》を返すと、源九郎たちの方へもどってきた。ふたりの男は振り返りもせず、歩いていく。

平太は源九郎たちのそばにもどり、

「店に二本差しは、いねえと言ってやした」

と、声高に言った。

「いないのか」

菅井が、がっかりしたような顔をした。

「ふたりは、二本差しの名は知らないが、陽が沈むころ来ることが多いと話してやした。……それに、表の通りではなく、店の脇の道から来ることもあると言ってやした」

平太が口早に言った。

「いずれにしろ、稲葉が姿を見せるのは、陽が沈むころか」

そう言って、源九郎は頭上に目をやった。

陽は西の空にまわっていたが、陽が沈むまでには間がありそうだ。七ツ（午後四時）前ではあるまいか。日没まで時間はあるが、このまま伝兵衛店に帰り、明日出直す気にはなれない。

「どうする」

源九郎が、菅井たち三人に目をやって訊いた。

「ここで、待ちやしょう。……なに、一刻（二時間）もすれば、陽が沈みまさァ。どこかで、一杯やるほど待ちゃァしねえ」

孫六が言うと、

「待とう」

菅井が、源九郎たちに目をやって言った。

源九郎は、その場からすこし離れた神田川の岸際で、柳が枝葉を茂らせているのを目にした。菅井たちに話し、柳の樹陰で待つことにした。

それから、一刻ほど経ったろうか。通りの先に目をやっていた孫六が、

「やつだ！」

と、声を上げた。

源九郎たちは、通りの先に目をやった。

網代笠《あじろがさ》で顔を隠した武士がひとり、足早に歩いてくる。武士は小袖に袴姿で、二刀を帯びていた。

「まちがいない。稲葉だ」

源九郎が言った。武士の顔は見えなかったが、その体軀《たいく》に見覚えがあった。

稲葉は吉野屋の前に立つと、警戒するように通りの左右に目をやってから、格子戸をあけて店に入った。

「店に、踏み込むか」

菅井が源九郎に訊いた。

「いや、外に呼び出そう」

源九郎が言った。狭い店のなかで斬り合うと、思わぬ不覚をとることがある。

それに、店のなかの様子を知っている稲葉の方が、有利である。

「ともかく、店の前まで行ってみよう」

源九郎が言い、その場にいた四人は吉野屋に足をむけた。

源九郎たちは気付かれないように、店先の前ではなく左右に分かれた。

「あっしが、外に呼び出しやす」

そう言って、孫六は格子戸をあけた。

店のなかは薄暗かった。土間の先に小上がりがあり、職人ふうの男がふたり、酒を飲んでいた。小上がりの先に障子がたててあった。座敷があるらしい。その座敷から、

「おまえさん、酒にする」

と、女の声が聞こえた。

「頼むか」

つづいて、男の声がした。稲葉らしい。

孫六はひとり、小上がりの近くまで行き、

「だれか、いねえかい」

と、声をかけた。

すると、障子の向こうで、

「客らしい。すぐに、もどるからね」

と、女の声がし、障子があいて、年増《としま》が顔を出した。女将であろう。

女将は小上がりの端を通って、孫六の前に来た。

「稲葉の旦那に、用があって来たんだがな」

孫六が、声をひそめて言った。

女将の顔から愛想笑いが消え、

「おまえさんの名は」

と、小声で訊いた。

「孫造《まごぞう》ってえ名でさァ」

孫六は、咄嗟《とっさ》に頭に浮かんだ偽名を口にした。

「孫造さん、待って。すぐに、稲葉さまに話すから」

そう言い残し、女将は座敷にもどった。

女将は稲葉と何か話していたようだが、孫六の耳にはとどかなかった。

すぐに、障子がひらき、稲葉が姿を見せた。稲葉は、大刀を手にしていた。店に来たときの格好である。稲葉につづいて、女将が出てきた。

稲葉は小上がりに来ると、孫六の顔を見て、

「孫造というのは、おまえか。……どこかで、見たような気もするが」

と、言って、首を捻《ひね》った。孫六は薄暗い場所に立っていたので、顔がはっきり見えなかったこともあるのだろう。

「それで、俺に何か用か」

稲葉が、孫六を見据えて訊いた。

「実は、権蔵親分のところで世話になった兄いに、稲葉の旦那を呼んでくるように言われて来たんでさァ」

孫六が、権蔵の名を出して言った。

「その男は、どこにいるのだ」

「外で待ってやす」

「店に入ってくれば、いいのに」

そう言って、稲葉は鞘に納めた大刀を手にして土間に下りた。

三

孫六は格子戸をあけて外に出ると、戸口からすこし離れた場所に立った。

稲葉は孫六につづいて店から出てくると、
左右に目をやって訊いた。

「どこにいるのだ」

「そこの福田屋の脇でさァ」

孫六が指差した。

稲葉が福田屋に顔をむけると、福田屋の左右から、源九郎と菅井が飛び出した。平太は姿を見せなかった。店の脇に身を隠したままである。

源九郎が、稲葉の前に立った。

「伝兵衛店のやつらだな！」

稲葉が叫び、吉野屋に逃げ込もうとして体をむけたが、その場から動けなかった。背後に、菅井がいたからだ。

「卑怯《ひきよう》な！　ふたりがかりか」

稲葉が顔をしかめて言った。

「おぬしの相手は、わしひとりだ。菅井は、おぬしの逃げ道を塞ぐために背後にまわったのだ」

源九郎はそう言ったが、後れをとるようなことになれば、菅井が踏み込んで助太刀するはずだ。

「おのれ！」

稲葉は手にした大刀を抜くと、鞘《さや》を足元に置いた。

すかさず、源九郎も抜刀した。

源九郎と稲葉は、刀を手にして対峙《たいじ》した。菅井は、源九郎と稲葉から少し引いている。

源九郎と稲葉は、相手を見据えて刀を構えた。源九郎は青眼、稲葉は八相である。

ふたりの間合は、およそ三間──。

一対一の真剣勝負のため、ふたりとも間合を大きくとったのだ。

ふたりは、対峙したまましいっとき動かなかった。構えた相手に隙がなく、迂闊《うかつ》に仕掛けられなかったのだ。

どれほどの時が、過ぎたのか。ふたりは相手を気魄《きはく》で攻めることに集中し、時の経過の意識はなかった。

そのとき、通りかかった二人連れの娘が、刀を手にして対峙している源九郎と稲葉を目にし、悲鳴を上げて、その場から逃げた。

その悲鳴で、気魄で攻め合っていた源九郎と稲葉が、ほぼ同時に動いた。

源九郎は青眼に構えたまま趾《あしゆび》を這《は》うように動かし、ジリジリと間合を狭め始めた。対する稲葉も、すこしずつ間合を狭めてきた。

ふたりが一足一刀の間境に迫ったとき、源九郎が寄り身をとめた。

そのとき、稲葉の全身に斬撃の気がはしった。

……くる！

察知した源九郎は、わずかに身を引いた。

刹那《せつな》、稲葉が仕掛けた。

イヤアッ！

裂帛《れっぱく》の気合と同時に、稲葉が斬り込んできた。

八相から踏み込みざま袈裟《けさ》へ――。

すかさず、源九郎は身を引いた。

稲葉の切っ先は、源九郎の鼻先をかすめて空を切った。

次の瞬間、源九郎は刀身を横に払った。一瞬の反応である。

ザクリ、と稲葉の右袖が裂けた。

ふたりは背後に跳んで、間合を広くとった。稲葉の露になった右の二の腕に、血の色があった。だが、かすり傷である。

ふたたび、源九郎は青眼に、稲葉は八相に構えた。

稲葉の刀身が、小刻みに震えている。たいした傷ではなかったが、右腕を斬られたことで気が昂《たかぶ》っているのだ。

「稲葉、勝負、あったぞ」

源九郎が声をかけた。

「かすり傷だ！」

稲葉はそう叫んだが、顔が怒張したように赭黒《あかぐろ》く染まり、八相に構えた刀身の震えはとまらなかった。

源九郎は青眼に構え、切っ先を稲葉の目にむけていたが、

「いくぞ！」

と、声をかけ、すこしずつ間合を狭め始めた。

対する稲葉は、動かなかった。八相に構えたまま、源九郎が一足一刀の斬撃の間合に踏み込んでくるのを待っているようだ。

源九郎は斬撃の間境まであと一歩に迫ると、ふいに寄り身をとめた。そして、斬り込んでいく気配をみせ、

タアアッ！

と、鋭い気合を発した。

斬り込むと見せた誘いである。この誘いに、稲葉が反応した。稲葉は甲走った気合を発し、八相から真っ向へ斬り込んできた。

一瞬、源九郎は右に体《たい》を寄せざま、刀身を袈裟に払った。

稲葉の切っ先は空を切り、源九郎の切っ先は稲葉の首をとらえた。

稲葉の首から血が、激しく飛び散った。首の血管《ちくだ》を斬られたらしい。稲葉は血を撒《ま》きながらよろめき、足が止まると、その場に崩れるように倒れた。

稲葉の首からの出血は激しく、赤い布を広げていくように体のまわりを染めていく。

稲葉は首を擡《もた》げようともせず、地面に俯《うつぶ》せになったまま、体を震わせていたが、いっときすると動かなくなった。

「死んだ」

源九郎がつぶやいた。

源九郎は、血刀を引っ提げたまま稲葉の脇に立っていた。そこへ、菅井、孫六、平太の三人が走り寄った。

「華町の旦那は、強《つえ》えや！」

平太が感嘆の声を上げた。

菅井と孫六が、稲葉の死体に目をやったまま平太の声にうなずいた。

「こやつ、どうする」

菅井が、稲葉の死体に目をやったまま源九郎に訊いた。

「このままにしておくと、通りの邪魔だな。……吉野屋の脇まで、運んでおくか」

源九郎は、女将が稲葉の死体を何とかするだろう、と思った。

源九郎たち四人は、稲葉の死体を吉野屋の脇まで運んだ。

「これで、始末がついた。長屋に帰ろう」

源九郎が、菅井たちに声をかけた。

四

伝兵衛店の源九郎の家に、おゆきと用心棒たち七人が集まっていた。源九郎たちが、稲葉を討ち取った四日後である。

今日のうちに、おゆきは伝兵衛店を出て、薬研堀にある小料理屋の小鈴に帰ることになっていた。

源九郎たちは稲葉を討ち取った翌日、おゆきを連れて薬研堀まで出かけ、小鈴がそのまま残っているのを確かめた。そのおり、おゆきは、「小鈴をつづけたい」と源九郎たちに話した。おゆきにすれば、いつまでも、源九郎たち長屋の人たちの世話になっているわけにはいかないのだろう。

源九郎たちも、長屋の住人ではないおゆきを、いつまでも長屋にとどめておくことはできなかった。それで、おゆきの願いどおり、小鈴に帰ってもらうことにしたのだ。

「おゆき、いつでも長屋に来てくれ」

源九郎が、しんみりした口調で言った。

源九郎にとって、おゆきはたんなる仕事の依頼人ではなく、胸の内には特別な思いがあった。

おゆきが、亡妻の千代と似ていたこともあり、長屋の自分の部屋で寝起きしているおゆきを目にすると、千代と一緒に暮らしているような気になったのだ。

それでも、おゆきが源九郎の家で寝泊まりし、飯を炊いたり、茶を淹《い》れたりして暮らしているのを目にすると、妻の遠い面影と重なり、若いころの妻が生き返って一緒に暮らしているような気がした。

むろん、源九郎は、おゆきが亡妻に似ているなどと口にしたことはない。一緒の家で寝泊まりしている菅井でさえ、源九郎の胸の内は分からなかったはずだ。

「おゆき、近いうちに、長屋のみんなといっしょに、小鈴に顔を出すからな」

源九郎が言うと、その場にいた孫六が、

「あっしも、行きやすぜ」

と、身を乗り出して言った。

すると、菅井、安田、平太、茂次、三太郎も、小鈴に行く、と口にした。

「よし、今度、みんなで小鈴に行こう」

源九郎が、おゆきに目をやって言った。

「お、お待ちしています」

おゆきが、涙声で言った。おゆきの胸の内にも、このまま長屋でみんなと一緒に暮らしたいという思いがあるのかもしれない。

源九郎たちがおゆきと話をしていると、家の腰高障子の向こうで、大勢の足音と長屋に住む女たちの声が聞こえた。

「長屋のみんなが、見送りに来てくれたようだ」

源九郎が、部屋のなかにいたおゆきや男たちに目をやって言った。

すると、おゆきは改めて源九郎たちに顔をむけ、

「お世話になりました。……み、みなさまの御恩は、死ぬまで忘れません」

と涙声で言い、両手を畳について、深々と頭を下げた。

「おゆき、仰々しいぞ。おゆきは、長屋の仲間だ。自分の家が長屋にあると思って、いつでも来てくれ」

源九郎が言うと、

「今までどおり、長屋に来るといい」

菅井が、口を添えた。

「ありがとうございます」

おゆきは、改めて座敷にいた男たちに頭を下げた。そして、脇に置いてあった風呂敷包みを手にして立ち上がった。

源九郎たち七人も腰を上げると、孫六と平太が、先に腰高障子をあけて外に出た。

つづいて、おゆきや源九郎たちが戸口から出ると、集まっていた長屋の女房連中や子供たちが、おゆきに近付いてきた。

「おゆきさん、いつでも長屋に来ておくれ」

お熊が、涙声で言った。

すると、近くにいた女房たちの間から、「おゆきさん、また来ておくれ」「待っているからね」などという声が聞こえた。

「お世話になりました」

おゆきが言い、集まっている長屋の住人たちに頭を下げた。

「おゆき、行くか」

源九郎が声をかけ、先に立った。おゆきがつづき、菅井たちが後についた。長屋の住人たちは、菅井たちの後からぞろぞろとついてくる。

おゆきは長屋の路地木戸の前まで来ると、足を止めた。そして、後からついてきた住人たちに、

「お世話になりました。この御恩は忘れません」

と言って、あらためて頭を下げた。

すると、長屋の女房たちの間から、別れの言葉や泣き声が聞こえた。

おゆきは、そばにいた源九郎たちにも礼を言ってから、ひとり路地木戸から離れていった。

源九郎たちは路地木戸の前に立ったまま、遠ざかっていくおゆきの後ろ姿を見つめていた。

路地木戸まで見送りに来ていた長屋の女房連中や子供たちは、おゆきの姿が遠ざかると、ひとり去り、ふたり去りして、それぞれ長屋の自分の家に帰っていった。

おゆきの姿が通りの先にちいさくなると、

「おゆきは、また長屋に来やすかねえ」

孫六が、しんみりした口調で言った。

「来るさ。……おゆきは、華町を身内のように思うところがあったからな」

菅井が言うと、

「おゆきは、独り身だったからな。よけい、華町が肉親のように思えたのではないか」

安田が、通りの先に目をやったままつぶやいた。

「長屋に帰《けえ》りやしょう」

孫六が、その場にいた源九郎たちに目をやって言った。

そのとき、菅井が源九郎の方に体をむけ、

「さァ、やるぞ！」

菅井が声を大きくして言った。

「今から、何をやるのだ」

源九郎が首をひねった。

「将棋だよ、将棋。……今日は、夜通し将棋だ！」

菅井はそう言って、踵を返した。

源九郎は胸の内で、「仕方がない。今日は、菅井に付き合ってやるか」とつぶやき、菅井と一緒に歩きだした。

源九郎の胸に残っていた千代の面影が消えた。いつもの長屋の暮らしがもどってきたようだ。

安田、孫六、茂次、平太、三太郎の五人は、薄笑いを浮かべて顔を見合ったが、何も言わず、源九郎と菅井の後からついてきた。

本作品は、書き下ろしです。

双葉文庫

と-12-60

はぐれ長屋《ながや》の用心棒《ようじんぼう》

遠《とお》い面影《おもかげ》

2020年8月10日　第1刷発行

【著者】
鳥羽亮《とばりよう》

【発行者】
箕浦克史
【発行所】
株式会社双葉社
〒162-8540 東京都新宿区東五軒町3番28号
［電話］03-5261-4818(営業)　03-5261-4833(編集)
www.futabasha.co.jp(双葉社の書籍・コミックが買えます)
【印刷所】
中央精版印刷株式会社
【製本所】
中央精版印刷株式会社

【フォーマット・デザイン】
日下潤一

ISBN978-4-575-67011-0 C0193
Printed in Japan

風野真知雄
わるじい秘剣帖（一）
いまいくぞ
長編時代小説〈書き下ろし〉

あの大人気シリーズが帰ってきた！ 目付に復帰したのも束の間、孫の桃子が気になって仕方がない愛坂桃太郎は江戸への帰還を目論むが。

風野真知雄
わるじい秘剣帖（二）
これなあに
長編時代小説〈書き下ろし〉

孫の桃子を追って八丁堀の長屋に越してきた愛坂桃太郎。大家である蕎麦屋の主に妙に気に入られ、次々と難珍事件が持ち込まれる。

風野真知雄
わるじい秘剣帖（三）
こわいぞお
長編時代小説〈書き下ろし〉

川沿いの柳の下に夜な夜な立つ女の幽霊。桃子の夜泣きはこいつのせいか？ 愛坂桃太郎は、可愛い孫の安寧のため、調べを開始する。

坂岡真
照れ降れ長屋風聞帖【一】
大江戸人情小太刀
長編時代小説

長屋で仲人稼業のおまつの尻に敷かれる浅間三左衛門。しかしこの男、滅法強い！ 江戸の粋と人生の機微が詰まった名作、待望の新装版。

坂岡真
照れ降れ長屋風聞帖【二】
残情十日の菊
長編時代小説

居合の達人と洗濯女の仲を取り持った浅間三左衛門。だが契りを結んだ後、男は姿を消した。行方を追う三左衛門は男の苛烈な運命を知る。

坂岡真
照れ降れ長屋風聞帖【三】
遠雷雨燕《えんらいあまつばめ》
長編時代小説

狙いは天下の越後屋——凶賊雨燕が再び蠢き出す。一方の越後屋にも言うに言えぬ秘密があった。三左衛門の人情小太刀が江戸の悪を撃つ！

坂岡真
照れ降れ長屋風聞帖【四】
富の突留札《つきどめふだ》
長編時代小説

突留百五十両を当てたおまつら女四人が賊に襲われた。庶民のささやかな夢を踏みにじる卑劣なカラクリを三左衛門の人情小太刀が斬る!!

鳥羽亮
はぐれ長屋の用心棒
七人の用心棒
長編時代小説〈書き下ろし〉

はぐれ長屋の近くで三人の武士に襲われている身装のいい母子を助けた源九郎。どうも主家の跡継ぎ争いに巻き込まれたようなのだ。

鳥羽亮
はぐれ長屋の用心棒
源九郎の涙
長編時代小説〈書き下ろし〉

お吟が「浜乃屋」の前でならず者に襲われ、はぐれ長屋まで命からがら逃げてきた。源九郎たちはさっそく、下手人を探り始める。

鳥羽亮
はぐれ長屋の用心棒
居酒屋恋しぐれ
長編時代小説〈書き下ろし〉

長屋近くの居酒屋「浜富」へ通うようになった菅井紋太夫。しかし、やくざ者による店への嫌がらせが始まり、浜富は窮地に陥ってしまう。

鳥羽亮
はぐれ長屋の用心棒
おれたちの仇討
長編時代小説〈書き下ろし〉

若い頃、同門だった男の敵討ちに協力することになった源九郎は、さっそく仇敵を探り始めるが、はぐれ長屋に思わぬ危機が訪れる。

鳥羽亮
はぐれ長屋の用心棒
用心棒たちの危機
長編時代小説〈書き下ろし〉

「はぐれ長屋の用心棒」の七人が、押し込み強盗の濡れ衣を着せられた。疑いを晴らすべく、源九郎たちは強盗一味の正体を探り始める。

鳥羽亮
はぐれ長屋の用心棒
平太の初恋
長編時代小説〈書き下ろし〉

見習いの岡っ引き、平太が恋をした。悪党から執拗につけ狙われる町娘を守るため長屋の面々も加勢するが、敵は逆に長屋を襲撃してくる。

鳥羽亮
はぐれ長屋の用心棒
源九郎仇討始末
長編時代小説〈書き下ろし〉

かつて共に剣の修行に励んだ旧友が殺された。仇討ちの加勢を頼みにきた娘に、亡き妻の面影を見出した源九郎は、仲間たちと動きだす。

鳥羽亮

はぐれ長屋の用心棒
幼なじみ

長編時代小説〈書き下ろし〉

懐かしい剣友がはぐれ長屋を訪ね、源九郎に道場主になってくれと懇願する。かつての師範代が道場乗っとりを企んでいるらしいのだ。

鳥羽亮

はぐれ長屋の用心棒
幽鬼の剣

長編時代小説〈書き下ろし〉

裕福な町人を狙った辻斬りが相次いで起きた。現場からは不気味な叫び声が聞こえたという。源九郎は仲間たちと下手人の捜索に乗りだす。

鳥羽亮

はぐれ長屋の用心棒
居合の女

長編時代小説〈書き下ろし〉

管井紋太夫に、女剣士が弟子入りを志願してきた。惨殺された父親の無念を晴らそうとする娘のために、はぐれ長屋の住人が奔走する。

葉室 麟

川あかり

長編時代小説

藩で一番の臆病者と言われる男が、刺客を命じられた！ 武士として生きることの覚悟と矜持が胸を打つ、直木賞作家の痛快娯楽作。

葉室 麟

螢草《ほたるぐさ》

時代
エンターテインメント

切腹した父の無念を晴らすという悲願を胸に、出自を隠し女中となった菜々。だが、奉公先の風早家に卑劣な罠が仕掛けられる。

葉室 麟

峠しぐれ

時代小説

峠の茶店を営む寡黙な夫婦。ある年の夏、二人を討つため屈強な七人組の侍が訪ねてきた。二人の過去になにが。話は十五年前の夏に遡る。

葉室 麟

あおなり道場始末

痛快長編時代小説

その剣、天下無双——ただし、三回に一回⁉ 未完成の奥義〝神妙活殺〟を引っさげて、三兄妹弟は父の仇を捜すため道場破りの旅にでる！